U0695058

孙犁

著

回望岁月深处的美好

中国出版集团

东方出版中心

图书在版编目（CIP）数据

回望岁月深处的美好 / 孙犁著.—上海:东方出版
中心，2017.1（2020.5重印）
ISBN 978-7-5473-1054-0

Ⅰ.①回… Ⅱ.①孙… Ⅲ.①短篇小说—小说集—
中国—当代②散文集—中国—当代 Ⅳ.①I217.2

中国版本图书馆CIP数据核字（2016）第283294号

回望岁月深处的美好

出版发行	东方出版中心	
地　　址	上海市仙霞路345号	
邮政编码	200336	
电　　话	021-62417400	
印 刷 者	三河市德鑫印刷有限公司	

开　　本	787mm×1092mm	1/32
印　　张	9.875	
字　　数	181千字	
版　　次	2017年1月第1版	
印　　次	2020年5月第5次印刷	
定　　价	28.00元	

目 录

一、回望岁月深处的美好

二、故事依然在心间

三、菜花寂寞开

四、乡 里 旧 闻

五、山山黄叶飞

六、书 衣 文 录

一、回望岁月深处的美好

丈　夫

　　今天是中秋节日,可是还有一场黑豆没打。上午,公公叫儿媳妇把场摊上,豆叶上满带着污泥,发着臭气。日本黑心鬼,偷偷放了堤,淹了老百姓,黑豆没长好,豆子是秕秕的。草不好,黄牛也瘦了。儿媳妇站在场里没精打采的。年景没有了,日子不好过,丈夫又没消息。去年,他还在近处,八月十三那天还抽空回家来看了看,她给他做了一件新棉袄,两个人欢天喜地。八月节,应该团圆团圆;她给他做了猪肉菜,很丰富。今年,鬼子从四月里翻天搅地,丈夫不知道到那里去了。去年他留给她一个孩子,去年在地洞里生产下来,就死掉了。她没有力气,日子过着没心思。

　　吃过中午饭,她带着老二孩子,要去娘家看看,解解闷。和公公说了说,公公也没阻挡。只说早去早回来,路上不安静。她什么也没拿,拉起孩子的手,向东走去了。孩子去姥姥家,很高兴,有一句没一句地问娘:

　　"今个八月十五吗? 娘。"

　　"是啊!"

"叫我吃什么?"

"什么也不叫你吃!"

她说过,又怜惜起孩子来,孩子才七岁,在炮火里跟着跑了四五年了,不该这么斥打她,就转过话来笑着说:

"还记得爹吗?"

"记得呀!"

"爹在那里呢?"

"在铁道西啊!"

"在那里干什么?"

"打日本啊!"

娘笑了。丈夫在家就喜欢这个孩子,临走总嘱咐她好好教养着。她想,那个人倒不恋家,连对她也象冷冷地,对这个孩子却连住了心。就为这个,她竟觉着有保障了,又和孩子说:

"爹什么时候回来?"

"过年的时候回来。"

"你知道?"

"可不是,我知道。"

"爹回来干什么?"

"回来打日本。"

孩子念道起爹那枪来。爹叫她看过枪,爹对她说枪是打日本的。她想现在日本很多了,常到村里来,爹该回来打日本了！这里日本多，不到这里打，到哪去打哩！

娘儿俩说着，就到了娘家村里，本来只离着三四里地。

到家里，姥姥正坐在炕上。

"你看人家多么热闹，大家也都是养儿养女的。"

姥姥说，嘴角却有些讥笑。

"谁家？"女儿问。

"你婶子家。"

"热闹什么？"

"你大姐来了，她女婿也来了。"

"她女婿不是在这里当伪军？"

"现在人家敢出来了，三天一来，两天一来，来了就嘻嘻哈哈。"

姑娘想起她是和这个大姐一年出嫁的。她两个同岁，她大姐嫁了一个独生子，她也嫁了一个独生子。她大姐的女婿在绸缎店里当学徒，她的女婿在保府上中学。那年正月里，两个女婿来住丈人家，大姐的女婿好赌钱，整天在家里成局；自己的女婿好念书，整天在家么翻书本。她那时候还不高兴自己的女婿这么呆气，人家那么好玩，好说笑，街上的青年子弟都找人家去热闹，自己的女婿这么孤僻，整天没个人来，只有几个老头子称赞。她想，现在该是玩的，在学堂里有多少书念不了，倒跑到这里来用功？晚上，她悄悄地对他说：

"你也玩玩去，书里有什么好东西，你那么入迷？"

"你不知道。"

"不是我不知道，你看人家多快活？"

"你叫我和他们比呀？"

"和人家比比，你丢什么人，人家比你少什么？"

"你不懂事。"

丈夫睡了，她也不好意思再问，新婚的夫妻，她只有柔顺。夜半醒来，她又说：

"我说错了话吗？"

"你知道的事很少。"

"我怎么就知道的多了？"

"你念念书，可是来不及了。"

"我不念那个，可是，我要说错了话，你可别记在心里呀！"她靠近靠近他。

后来丈夫走了，很少家来，不在北平，就在上海。大姐的女婿却常来，穿的好，一来就住下，嘻嘻哈哈；她很羡慕大姐幸福，自己倒霉，埋怨丈夫不家来，忘了她。可是丈夫并没有忘了她，有时家来，也很爱她，她生了一个小孩，丈夫也很喜欢，只是怨她不识字，知道的事少。她说：

"你不会呆在家里？"

"我不能。"

"怎么人家能呢？"

"谁？"

"大姐的女婿。"

"咳,你又叫我和他比!"

女婿又生气了。她就害怕他生气,赶紧解释:

"家里又不缺吃不缺穿,你非出去干什么?"

"你不知道。"

"你出去又不挣个大钱。"

"非挣钱不能出去吗?"

"家里不舒服?"

"不舒服。"

这回是生气了。家里不舒服,外边有什么舒服的事情?她疑心了。可是看看丈夫还是整天看书,书一箱一箱的,翻翻这本,又翻翻那本,破的就包上个皮,不嫌个麻烦。她觉得丈夫喜欢书,就象她喜欢布似的,她喜欢各色样花布。丝的,麻的,她把它们包在一个一个小包裹里,没事就翻着玩,有时找出一块来给孩子做件小衫裤,心里很高兴。她想,丈夫写字,念书,就和她找布做衣服一样。

抗战了,丈夫立时参加了军队。把洋布衣服脱下来,换上粗布军装。两条瘦腿,每天跑百几十里路,也有了劲了。她大姐的丈夫店铺叫日本鬼子抢了,也回到家来,守着女人孩子过日子,看看地,买买菜,抱抱孩子,烧烧火,替大姐做很多事。她可不明白自己的丈夫的心思,有一天她问他:

"为什么你出去受罪?"

"抗日是受罪？你真糊涂透了。"

"可是为什么人家不出去？"

"谁？"

"大姐的女婿。"

"呸,呸,你又叫我和他比。"

渐渐,她也觉得丈夫不能和那个人比。村里人说自己的丈夫好,许多人找到家里来,问东问西。许多同志、朋友们来说说笑笑。她觉得很荣耀,日本鬼子烧杀,她觉得不打出去也没法子过。大姐的女婿在村里人缘很不好,一天夜里叫土匪绑了票,后来就不敢在家里呆,跑到天津去了,大姐整天哭,没离开过丈夫,不知道怎么好。过了一年,那个人偷偷回来了。抽上了白面①,还贩卖白面,叫八路军捉了,押了两个月,罚了一千块钱,他就跑到城里当了伪军,日本鬼子到他媳妇的娘家村里来抢东西,他也跟着来,戴着黑眼镜。后来,又反了正,坐在欢迎大会的戏台上看戏,戴着黑眼镜,喝着茶水,吃花生。

那天她也去看戏,有人指给她说：

"你看见那个人吗？"

"谁？"

"你大姐夫啊！你都不认识了！"

---

① 白面——一种毒品,又名海洛因。

"呀,那是他?"

她脸上红红的了。

自己的丈夫越来越忙,脸孔虽然黑了,看来,倒壮实了些。仗打得越紧,她越恨日本鬼子了,他也不轻易来家了。她守着孩子过日子,侍候着公公。上冬学,知道了一些事,其中就有她以前不知道的丈夫的心里的事,现在才知道了些。

今年,日本鬼子占了县城附近的大村镇,听到她的大姐夫又当了伪军。从此,她就更瞧不起他,这是个什么人呀!今天,娘却提到了他。正提到了他,大姐就来了。大姐听说妹子来了,姐妹好几年不见面,来看望她,手里托着一包点心。身上穿着花丝葛,脸孔白又胖,挺着大肚子,乍一见面很亲热,大姐说:

"你家他爹可有信?"

"没有啊!"

"说起来,人家他有志气,抗日光荣,可是留下了这些孩子们。"大姐说着就拉过孩子,叫孩子吃点心,问孩子:

"你想爹吗?"

"想啊!"

"快叫娘把他叫回来。"

"叫回来,打日本吧!"孩子兴奋地说。

大姐立时没话说,脸也红红的,象块生猪肝。姥姥也笑了。

"听说你女婿又来了。"

"早走了。"

"怎么这么快就走了？"

"有事。"大姐坐不住，告辞了出去。走到屋门口又回来，小声说："大妹子，你家他爹回来，你顺便和他学学，就说俺家他爹是不得已，还想出来的。"说过就慌慌地走了。

姥姥说：

"看起这个来可就不光荣。准是又有什么风声吓走了。"

天已经晚了，姑娘带着孩子回来，在路上，她看见一小队人背着枪过去了。她知道一到天晚，就是自己的人；也不害怕，带着孩子走过去。后来回头一看，那一小队人进了她娘家的村了。

到了村头，大孩子正在村边等，见了娘就跑上来小声说：

"大队长到咱家来了！"

"那个大队长？"

"县游击大队长，黑脸大个子老李呀，娘忘了，去年和爹一块来拿过书，吃过羊肉饺子的。"

"说什么来？"

"有爹的信，爷正看哩。"

母子两个人赶紧到了家里，公公正正坐在场里碌碡上，戴着花镜念信，儿媳妇回来，就说：

“信来得巧,今年的节我又过痛快了!”

媳妇当然更快活,快活了一晚上,竟连那圆圆的月亮也忘了看。

1943 年“中秋节”夜记于阜平

荷花淀

——白洋淀纪事之一

月亮升起来,院子里凉爽得很,干净得很,白天破好的苇眉子潮润润的,正好编席。女人坐在小院当中,手指上缠绞着柔滑修长的苇眉子。苇眉子又薄又细,在她怀里跳跃着。

要问白洋淀有多少苇地?不知道。每年出多少苇子?不知道。只晓得,每年芦花飘飞苇叶黄的时候,全淀的芦苇收割,垛起垛来,在白洋淀周围的广场上,就成了一条苇子的长城。女人们,在场里院里编着席。编成了多少席?六月里,淀水涨满,有无数的船只,运输银白雪亮的席子出口,不久,各地的城市村庄,就全有了花纹又密、又精致的席子用了。大家争着买:

"好席子,白洋淀席!"

这女人编着席。不久在她的身子下面,就编成了一大片。她像坐在一片洁白的雪地上,也像坐在一片洁白的云彩上。她有时望望淀里,淀里也是一片银白世界。水面笼起一层薄薄透明的雾,风吹过来,带着新鲜的荷叶荷花香。

但是大门还没关，丈夫还没回来。

很晚丈夫才回来。这年轻人不过二十五六岁，头戴一顶大草帽，上身穿一件洁白的小褂，黑单裤卷过了膝盖，光着脚。他叫水生，小苇庄的游击组长，党的负责人。今天领着游击组到区上开会去来。女人抬头笑着问：

"今天怎么回来得这么晚？"站起来要去端饭。水生坐在台阶上说：

"吃过饭了，你不要去拿。"

女人就又坐在席子上。她望着丈夫的脸，她看出他的脸有些红涨，说话也有些气喘。她问：

"他们几个哩？"

水生说：

"还在区上。爹哩？"

女人说：

"睡了。"

"小华哩？"

"和他爷爷去收了半天虾篓，早就睡了。他们几个为什么还不回来？"

水生笑了一下。女人看出他笑得不像平常。

"怎么了，你？"

水生小声说：

"明天我就到大部队上去了。"

女人的手指震动了一下，想是叫苇眉子划破了手，她把一个手指放在嘴里吮了一下。水生说：

"今天县委召集我们开会。假若敌人再在同口安上据点，那和端村就成了一条线，淀里的斗争形势就变了。会上决定成立一个地区队。我第一个举手报了名的。"

女人低着头说：

"你总是很积极的。"

水生说：

"我是村里的游击组长，是干部，自然要站在头里，他们几个也报了名。他们不敢回来，怕家里的人拖尾巴。公推我代表，回来和家里人们说一说。他们全觉得你还开明一些。"

女人没有说话。过了一会儿，她才说：

"你走，我不拦你，家里怎么办？"

水生指着父亲的小房叫她小声一些。说：

"家里，自然有别人照顾。可是咱的庄子小，这一次参军的就有七个。庄上青年人少了，也不能全靠别人，家里的事，你就多做些，爹老了，小华还不顶事。"

女人鼻子里有些酸，但她并没有哭。只说：

"你明白家里的难处就好了。"

水生想安慰她。因为要考虑准备的事情还太多，他只说了两句：

"千斤的担子你先担吧，打走了鬼子，我回来谢你。"

说罢，他就到别人家里去了，他说回来再和父亲谈。

鸡叫的时候，水生才回来。女人还是呆呆地坐在院子里等他，她说：

"你有什么话嘱咐嘱咐我吧。"

"没有什么话了，我走了，你要不断进步，识字，生产。"

"嗯。"

"什么事也不要落在别人后面！"

"嗯，还有什么？"

"不要叫敌人汉奸捉活的。捉住了要和他拼命。"这才是那最重要的一句，女人流着眼泪答应了他。

第二天，女人给他打点好一个小小的包裹，里面包了一身新单衣，一条新毛巾，一双新鞋子。那几家也是这些东西，交水生带去。一家人送他出了门。父亲一手拉着小华，对他说：

"水生，你干的是光荣事情，我不拦你，你放心走吧。大人孩子我给你照顾，什么也不要惦记。"

全庄的男女老少也送他出来，水生对大家笑一笑，上船走了。

女人们到底有些藕断丝连。过了两天，四个青年妇女集在水生家里来，大家商量：

"听说他们还在这里没走。我不拖尾巴，可是忘下了一件衣裳。"

"我有句要紧的话得和他说说。"

水生的女人说：

"听他说鬼子要在同口安据点……"

"哪里就碰得那么巧，我们快去快回来。"

"我本来不想去，可是俺婆婆非叫我再去看看他，有什么看头啊！"

于是这几个女人偷偷坐在一只小船上，划到对面马庄去了。

到了马庄，她们不敢到街上去找，来到村头一个亲戚家里。亲戚说：你们来得不巧，昨天晚上他们还在这里，半夜里走了，谁也不知开到哪里去。你们不用惦记他们，听说水生一来就当了副排长，大家都是欢天喜地的……

几个女人羞红着脸告辞出来，摇开靠在岸边上的小船。现在已经快到晌午了，万里无云，可是因为在水上，还有些凉风。这风从南面吹过来，从稻秧苇尖上吹过来。水面没有一只船，水像无边的跳荡的水银。

几个女人有点失望，也有些伤心，各人在心里骂着自己的狠心贼。可是青年人，永远朝着愉快的事情想，女人们尤其容易忘记那些不痛快。不久，她们就又说笑起来了。

"你看说走就走了。"

"可慌（高兴的意思）哩，比什么也慌，比过新年，娶新——也没见他这么慌过！"

"拴马桩也不顶事了。"

"不行了,脱了缰了!"

"一到军队里,他一准得忘了家里的人。"

"那是真的,我们家里住过一些年轻的队伍,一天到晚仰着脖子出来唱,进去唱,我们一辈子也没那么乐过。等他们闲下来没有事了,我就傻想:该低下头了吧。你猜人家干什么?用白粉子在我家映壁上画上许多圆圈圈,一个一个蹲在院子里,托着枪瞄那个,又唱起来了!"

她们轻轻划着船,船两边的水哗,哗,哗。顺手从水里捞上一棵菱角来,菱角还很嫩很小,乳白色。顺手又丢到水里去。那棵菱角就又安安稳稳浮在水面上生长去了。

"现在你知道他们到了哪里?"

"管他哩,也许跑到天边上去了!"

她们都抬起头往远处看了看。

"唉呀!那边过来一只船。"

"唉呀!日本,你看那衣裳!"

"快摇!"

小船拼命往前摇。她们心里也许有些后悔,不该这么冒冒失失走来;也许有些怨恨那些走远了的人。但是立刻就想,什么也别想了,快摇,大船紧紧追过来了。

大船追得很紧。

幸亏是这些青年妇女,白洋淀长大的,她们摇得小船飞快。小船活像离开了水皮的一条打跳的梭鱼。她们从小跟这小船打交道,驶起来,就像织布穿梭,缝衣透针一般快。

假如敌人追上了,就跳到水里去死吧!

后面大船来得飞快。那明明白白是鬼子! 这几个青年妇女咬紧牙制止住心跳,摇橹的手并没有慌,水在两旁大声地哗哗,哗哗,哗哗哗!

"往荷花淀里摇! 那里水浅,大船过不去。"

她们奔着那不知道有几亩大小的荷花淀去,那一望无边际的密密层层的大荷叶,迎着阳光舒展开,就像铜墙铁壁一样。粉色荷花箭高高地挺出来,是监视白洋淀的哨兵吧!

她们向荷花淀里摇,最后,努力地一摇,小船窜进了荷花淀。几只野鸭扑棱棱地飞起,尖声惊叫,掠着水面飞走了。就在她们的耳边响起一排枪!

整个荷花淀全震荡起来。她们想,陷在敌人的埋伏里了,一准要死了,一齐翻身跳到水里去。渐渐听清楚枪声只是向着外面,她们才又扒着船帮露出头来。她们看见不远的地方,那宽厚肥大的荷叶下面,有一个人的脸,下半截身子长在水里。荷花变成人了? 那不是我们的水生吗? 又往左右看去,不久各人就找到了各人丈夫的脸,啊,原来是他们!

但是那些隐蔽在大荷叶下面的战士们,正在聚精会神瞄着敌人射击,半眼也没有看她们。枪声清脆,三五排枪过后,他们投出了手榴弹，冲出了荷花淀。

手榴弹把敌人那只大船击沉，一切都沉下去了。水面上只剩下一团烟硝火药气味。战士们就在那里大声欢笑着，打捞战利品。他们又开始了沉到水底捞出大鱼来的拿手戏。他们争着捞出敌人的枪支、子弹带，然后是一袋子一袋子叫水浸透了的面粉和大米。水生拍打着水去追赶一个在水波上滚动的东西，是一包用精致纸盒装着的饼干。

妇女们带着浑身水，又坐到她们的小船上去了。

水生追回那个纸盒，一只手高高举起，一只手用力拍打着水，好使自己不沉下去。对着荷花淀吆喝：

"出来吧，你们！"

好像带着很大的气。

她们只好摇着船出来。忽然从她们的船底下冒出一个人来，只有水生的女人认得那是区小队的队长。这个人抹一把脸上的水问她们：

"你们干什么去呀？"

水生的女人说：

"又给他们送了一些衣裳来！"

小队长回头对水生说：

"都是你村的？"

"不是她们是谁，一群落后分子！"说完把纸盒顺手丢在女人们船上，一洇，又沉到水底下去了，到很远的地方才钻出来。

　　小队长开了个玩笑,他说:

　　"你们也没有白来,不是你们,我们的伏击不会这么彻底。可是,任务已经完成,该回家去晒晒衣裳了。情况还紧得很!"

　　战士们已经把打捞出来的战利品,全装在他们的小船上,准备转移。一人摘了一片大荷叶顶在头上,抵挡正午的太阳。几个青年妇女把掉在水里又捞出来的小包裹,丢给了他们,战士们的三只小船就奔着东南方向,箭一样飞去了。不久就消失在中午水面上的烟波里。

　　几个青年妇女划着她们的小船赶紧回家,一个个像落水鸡似的。一路走着,因过于刺激和兴奋,她们又说笑起来,坐在船头脸朝后的一个噘着嘴说:

　　"你看他们那个横样子,见了我们爱搭理不搭理的!"

　　"啊,好像我们给他们丢了什么人似的。"

　　她们自己也笑了,今天的事情不算光彩,可是:

　　"我们没枪,有枪就不往荷花淀里跑,在大淀里就和鬼子干起来!"

　　"我今天也算看见打仗了。打仗有什么出奇,只要你不着慌,谁还不会趴在那里放枪呀!"

　　"打沉了,我也会浮水捞东西,我管保比他们水式好,再深点我也不怕!"

　　"水生嫂,回去我们也成立队伍,不然以后还能出门吗!"

　　"刚当上兵就小看我们,过二年,更把我们看得一钱不值了,谁比谁落后多少呢!"

这一年秋季,她们学会了射击。冬天,打冰夹鱼的时候,她们一个个蹲在流星一样的冰床上,来回警戒。敌人围剿那百顷大苇塘的时候,她们配合子弟兵作战,出入在那芦苇的海里。

一九四五年五月于延安

浇　园

七月里，一天早晨，从鸡叫的时候，就听见西边炮响，响得很紧。村里人们早早起来，站在堤上张望，不久，从西边大道上过来了担架队，满是尘土和露水。担架放在村边休息；后边又过来了一副，四个高个儿小伙子抬着，走得最慢，他们小心看着道路，脚步放轻。村边的人知道床上的人一定伤很重，趋上前面去。担架过来，看好平整地方，前后招呼着放下，民工的脸上，劳累以外满挂着忧愁。慰劳股的妇女们俯下身去看望伤员，前边的大个子擦着脸上的汗，说：

"唉！你们轻轻的吧！"

随后叹了一口气。另一个大高个子说：

"我看不用叫他了，一路上他什么东西也不吃。"

人们全围上来，大个子又说：

"真是好样儿的呀，第一个爬梯登城，伤着了要紧的地方，还是冲上去，打！直到把敌人打下城去，我们的人全上来，才倒在城墙边上，要是跌下城来，可就没救了。"

"谁知道这能好了好不了！是个连长，才二十岁。"后面另一个大个儿接着说。

村里住下八个伤号,伤重的连长要住个清净地方,就住在香菊的家里了。香菊忙着先叫小妹妹二菊跑回家,把屋子和炕好好打扫一遍。人们把伤号安置好,伤号有时哼哼两声,没有睁开眼睛。

香菊站在炕沿边望了一会儿他的脸,不敢叫醒他,不敢去看他的伤。香菊从小不敢看亲人流的血,从来也不敢看伤员的血,同年的姐妹们常常笑话她胆小。几次村中青年妇女们拆洗伤员的粘着血迹的被子和衣服,香菊全拒绝了。她转过身来对站在她身后的二菊说:

"去烧火!"

二菊害怕姐姐又骂她不中用,抱了一把柴禾进来,就拉风箱。香菊小声吓唬她:

"你该死了,轻着点!"

温热了水,香菊找出了过年用的干净手巾,给伤员擦去了脸上的灰尘。香菊看见他很年轻,白白的脸,没有血色;大大的眼睛,还是闭着。看来是很俊气很温柔的。二菊到窗台下的鸡窝去摸鸡蛋,鸡飞着,叫起来,二菊心里害怕姐姐骂,托着鸡蛋进来,叫姐姐看。

香菊轻轻叫醒伤号,喂着他吃了。吃完了,伤号抬起头来,望了望香菊,就又躺下了。

香菊每天夜里和秋花嫂子去就伴,白天和秋花搭伙纺线织布,回到家来就问二菊:他轻些了吗?叫喊没有?同时告诉小妹妹:鸡下了蛋就把它赶出去;有人来捶布,叫他到别人家,不要惊动病人。

几天来,伤号并没有见轻,香菊总是愁眉不展,在炕边呆呆地站一会儿,又在窗台下呆呆站一会儿,才到秋花家里来。在街上,有那些大娘们问她:

"香菊,你家那个伤号轻些了吗?"

香菊低着头说:

"不见轻哩!"

她心里沉重得厉害。这些日子,她吃的饭很少,做活也不上心。只有秋花看出她的心思来。

一天早晨,香菊走到屋里,往炕上一看,看见伤员睁着眼睛,望着窗户外面早晨新开的一枝扁豆花。香菊暗暗高兴地笑了。

她小声问:

"你好些了?"

伤员回过头来,看见是个姑娘,微弱地说:

"你叫什么?住在哪里?"

"我叫香菊,这就是我的家。"香菊不知道说什么好,她竟是要哭了,可还是笑着说。

伤员也笑了,说:

"怎么没见过你?"

"你没见过我,你睁过眼吗?现在你才好了。"香菊要谢天谢地的样子。又说:

"我们从来没敢大声说话呀,走路都提着脚跟。"笑着转过身来。

"现在快秋收了吧?"伤员说。

"大秋还不到,天旱,秋天好不了。只要你的伤好了,就比什么也强。"香菊点火做饭,又说,"现在你好了,你想吃什么?说吧!"

到锄过二遍地,伤号已经能挂着拐出来走动了。也常到秋花家,看着她们纺线。那时候,妇女们正改造纺车添加速轮,做一个加速轮费工夫很大,妇女们不愿意耽误一天纺线,去修理它。伤员就把一条腿架在拐上,给秋花和香菊每人做了一个加速轮,做得很精巧好使,像一家人一样,越混越亲热了。

这伤号叫李丹,他对香菊说,他家是阜平。小时给人家放牛,八路军来到山上,就跟在队伍后面走了。那时才十三岁。先是当勤务员,大些了当警卫员,再大些当班长、排长。十年战争,也不知道参加过多少次的战斗,战斗在记不清的山顶,记不清的河边,记不清的石头旁边和沙滩里。他说十年的小米饭把他养大,十年部队生活,同志和首长的爱护关怀,使他经得苦,打得仗,认得字,看得书。十年的战争把他教育:为那神圣的理想,献出最后一滴血,成就一个人民光荣的子弟。

　　天旱得厉害,庄稼正需要雨的时候,老天偏不下雨。这叫卡脖子旱,高粱秀不出穗来,秀出穗来的,晒不出米来。谷,拼命往外吐穗,像闯过一道关卡,秀出来的穗,也是尖尖的,秃秃的,没有粒实。人们着急了,香菊放下纺车,每天下地浇园。每天,半夜里,就到地里去,留下二菊在家里做饭,李丹帮她拉风箱烧火。吃饭时香菊回来,累得一点力气也没有,衣裳和头发全湿,像叫水浇过。她蹲在桌子旁边,一句话也不愿意说,好歹吃点,就又背上大水斗子走了。

　　这天李丹拄着拐,来到村南,站在高坡上一望,望见了香菊那破白布小褂。太阳平西了,还是很热,庄稼的叶子全耷拉下来,天上一丝云彩也没有,只有李丹的家乡西山那里,才有一层红色的烟尘,笼罩着村庄树木。

　　香菊在那里用力浇着园,把一斗水浇上来,把斗子放下去,她才直一直身,抬起手背擦一擦脸上流着的汗。然后把身子一倾,摇着辘轳把水摆满,再吃力地把水斗绞起。

　　李丹从小时没做过这种劳动,他只是在河边上用杠杆车过水,觉得比这个省力得多。他拐到那里,从畦背上走过去,才看见香菊隐在一排几棵又高又密的鬼子姜后面。

　　这是特意栽培的鬼子姜,它长起来,可以遮蔽太阳。一棵小葫芦攀援上去,开了一朵雪白的小花,在四外酷旱的田野里,只有它还带着清晨的露水。香菊抬头看见李丹来了,就停下来,喘着气问:

"你来干什么,这么晒天?"

李丹看见香菊的衣裳整个湿透了,贴在身上,头上的汗水,随着水斗子的漏水,叮当滴落到井里去。就说:

"这个活太累,我来帮帮你吧?"

香菊笑了一笑,就又把水斗子哗啦啦放下去了,她说:

"你不行,好好养你的伤吧!"

李丹站在香菊对面,把拐支稳,低下头一看:那是一眼大井,从砖缝里蓬蓬生长着特别翠绿的草,井水震荡得很厉害,可是稍一平静,他就看见水里面轻微地浮动着晴朗的天空,香菊的和鬼子姜的影子,还有那朵巍巍的小白葫芦花。

李丹很喜爱这个地方,也着实心疼那浇园流汗的人,他又劝香菊:

"很累了,休息一下吧!"

香菊说:

"不能休息。好容易才把垄沟灌满,断了流又不知道要费多么大的力气。"接着她望一望西北上说:"你看看那里起来的是不是云彩?"

李丹转身一望说:

"那不是云彩,那是山。"

"下场雨就好了,"香菊喘着气说,"我在睡梦里都听着雷响,我们盼望庄稼长好,多打粮食,就像你盼望多打胜仗一样。"

李丹顺着垄沟走过去，地是那么干燥，李丹想：要吸收多少水，才能止住这庄稼的饥渴？要流多少汗，才能换来几斗粗粮，供给我们吃用？他深深地感觉到自己战斗流血的意义，对香菊的辛苦劳动，无比地尊敬起来。回头望望香菊，香菊低着头浇园，水越浅，井越深，绳越长，她浇着越吃力了。

等到天晚，风吹着香菊那涨红流汗的脸。

"我们回去吧！"她说着又浇上一斗，放倒在水池子上，水滴叮叮当当落到井里，她又步过来，在水池子里洗了洗脚，就蹬上了放在一边的鞋。她问李丹："你想吃什么菜？"

李丹说："我想吃辣椒。"

"不。你的伤还没好利落，我给你摘几个茄子带回去。"香菊抖着湿透了的辫子走到菜畦里去，拨着叶子，找着那大个的茄子，摘了几个，等她卸下辘轳回家的时候，天色已经很晚了。她说：

"从这小道上回去吧！"

她背着辘轳，走在前面，经过一块棒子地，她拔了一棵，咬了咬，回头交给李丹，李丹问：

"甜不甜？"

香菊回过头去，说："你尝尝呀，不甜就给你？"

李丹嚼着甜棒，香菊慢慢在前面走，头也不回，只是听着李丹的拐响，不把他落得远了。

天空里只有新出来的、弯弯下垂的月亮，和在它上面的那一颗大星，活像在那旷漠的疆场，有人刚刚弯弓射出了一粒弹丸。

一九四八年于冀中

山地回忆

　　从阜平乡下来了一位农民代表,参观天津的工业展览会。我们是老交情,已经快有十年不见面了。我陪他去参观展览,他对于中纺的织纺,对于那些改良的新农具特别感到兴趣。临走的时候,我一定要送点东西给他,我想买几尺布。

　　为什么我偏偏想起买布来?因为他身上穿的还是那样一种浅蓝的土靛染的粗布裤褂。这种蓝的颜色,不知道该叫什么蓝,可是它使我想起很多事情,想起在阜平穷山恶水之间度过的三年战斗的岁月,使我记起很多人。这种颜色,我就叫它"阜平蓝"或是"山地蓝"吧。

　　他这身衣服的颜色,在天津是很显得突出,也觉得土气。但是在阜平,这样一身衣服,织染既是不容易,穿上也就觉得鲜亮好看了。阜平土地很少,山上都是黑石头,雨水很多很暴,有些泥土就冲到冀中平原上来了——冀中是我的家乡。阜平的农民没有见过大的地块,他们所有的,只是像炕台那样大,或是像锅台那样大的一块土地。在这小小的、不规整的、有时是尖形的、有时是半圆形的、有时是梯形的小块土地上,他们费尽心思，全力经营。他们用石块垒起，用泥土包住，在边沿栽上枣树，在中间种上玉黍。

阜平的天气冷，山地不容易见到太阳，那里不种棉花，我刚到那里的时候，老大娘们手里搓着线锤。很多活计用麻代线，连袜底也是用麻纳的。

就是因为袜子，我和这家人认识了，并且成了老交情。那是个冬天，该是一九四一年的冬天，我打游击打到了这个小村庄，情况缓和了，部队决定休息两天。

我每天到河边去洗脸，河里结了冰，我蹲在冰冻的石头上，把冰砸破，浸湿毛巾，等我擦完脸，毛巾也就冻挺了。有一天早晨，刮着冷风，只有一抹阳光，黄黄的落在河对面的山坡上，我又蹲在那块石头上去，砸开那个冰口，正要洗脸，听见在下水流有人喊：

"你看不见我在这里洗菜吗？洗脸到下边洗去！"

这声音是那么严厉，我听了很不高兴。这样冷天，我来砸冰洗脸，反倒妨碍了人。心里一时挂火，就也大声说：

"离着这么远，会弄脏你的菜！"

我站在上风头，狂风吹送着我的愤怒，我听见洗菜的人也恼了，那人说：

"菜是下口的东西呀！你在上流洗脸洗屁股，为什么不脏？"

"你怎么骂人？"我站立起来转过身去，才看见洗菜的是个女孩子,也不过十六七岁。风吹红了她的脸,像带霜的柿叶,水冻肿了她的手,像上冻的红萝卜。她穿的衣服很单薄,就是那种蓝色的破袄裤。

十月严冬的河滩上,敌人往返烧毁过几次的村庄的边沿,在寒风里,她抱着一篮子水沤的杨树叶,这该是早饭的食粮。

不知道为什么,我一时心平气和下来。我说:

"我错了,我不洗了,你在这块石头上来洗吧!"

她冷冷地望着我,过了一会儿才说:

"你刚在那石头上洗了脸,又叫我站上去洗菜!"

我笑着说:

"你看你这人,我在上水洗,你说下水脏,这么一条大河,哪里就能把我脸上的泥土冲到你的菜上去?现在叫你到上水来,我到下水去,你还说不行,那怎么办哩?"

"怎么办,我还得往上走!"

她说着,扭着身子逆着河流往上去了。蹲在一块尖石上,把菜篮浸进水里,把两手插在袄襟底下取暖,望着我笑了。

我哭不得,也笑不得,只好说:

"你真讲卫生呀!"

"我们是真卫生,你们是装卫生! 你们尽笑话我们,说我们山沟里的人不讲卫生,住在我们家里,吃了我们的饭,还刷嘴刷牙,我们的菜饭再不干净,难道还会弄脏了你们的嘴? 为什么不连肠子肚子都刷刷干净!"说着就笑得弯下腰去。

我觉得好笑。可也看见，在她笑着的时候，她的整齐的牙齿洁白得放光。

"对，你卫生，我们不卫生。"我说。

"那是假话吗？你们一个饭缸子，也盛饭，也盛菜，也洗脸，也洗脚，也喝水，也尿泡，那是讲卫生吗？"她笑着用两手在冷水里刨抓。

"这是物质条件不好，不是我们愿意不卫生。等我们打败了日本，占了北平，我们就可以吃饭有吃饭的家伙，喝水有喝水的家伙了，我们就可以一切齐备了。"

"什么时候，才能打败鬼子？"女孩子望着我，"我们的房，叫他们烧过两三回了！"

"也许三年，也许五年，也许十年八年。可是不管三年五年，十年八年，我们总是要打下去，我们不会悲观的。"我这样对她讲，当时觉得这样讲了以后，心里很高兴了。

"光着脚打下去吗？"女孩子转脸望了我脚上一下，就又低下头去洗菜了。

我一时没弄清是怎么回事，就问：

"你说什么？"

"说什么？"女孩子也装没有听见，"我问你为什么不穿袜子，脚不冷吗？也是卫生吗？"

"咳！"我也笑了，"这是没有法子么，什么卫生！从九月里就反'扫荡'，可是我们八路军，是非到十月底不发袜子的。这时候，正在打仗，哪里去找袜子穿呀？"

"不会买一双？"女孩子低声说。

"哪里去买呀，尽住小村，不过镇店。"我说。

"不会求人做一双？"

"哪里有布呀？就是有布，求谁做去呀？"

"我给你做。"女孩子洗好菜站起来，"我家就住在那个坡子上，"她用手一指，"你要没有布，我家里有点，还够做一双袜子。"

她端着菜走了，我在河边上洗了脸。我看了看我那只穿着一双"踢倒山"的鞋子，冻得发黑的脚，一时觉得我对于面前这山，这水，这沙滩，永远不能分离了。

我洗过脸，回到队上吃了饭，就到女孩子家去。她正在烧火，见了我就说：

"你这人倒实在，叫你来你就来了。"

我既然摸准了她的脾气，只是笑了笑，就走进屋里。屋里蒸气腾腾，等了一会儿，我才看见炕上有一个大娘和一个四十多岁的大伯，围着一盆火坐着。在大娘背后还有一位雪白头发的老大娘。一家人全笑着让我炕上坐。女孩子说：

"明儿别到河里洗脸去了，到我们这里洗吧，多添一瓢水就够了！"

大伯说：

"我们妞儿刚才还笑话你哩!"

白发老大娘瘪着嘴笑着说:

"她不会说话,同志,不要和她一样呀!"

"她很会说话!"我说,"要紧的是她心眼儿好,她看见我光着脚,就心疼我们八路军!"

大娘从炕角里扯出一块白粗布,说:

"这是我们妞儿纺了半年线赚的,给我做了一条棉裤,下剩的说给他爹做双袜子,现在先给你做了穿上吧。"

我连忙说:

"叫大伯穿吧! 要不,我就给钱!"

"你又装假了,"女孩子烧着火抬起头来,"你有钱吗?"

大娘说:

"我们这家人,说了就不能改移。过后再叫她纺,给她爹赚袜子穿。早先,我们这里也不会纺线,是今年春天,家里住了一个女同志,教会了她。还说再过来了,还教她织布哩! 你家里的人,会纺线吗?"

"会纺!"我说,"我们那里是穿洋布哩,是机器织纺的。大娘,等我们打败日本……"

"占了北平,我们就有洋布穿,就一切齐备!"女孩子接下去,笑了。

可巧,这几天情况没有变动,我们也不转移。每天早晨,我就到女孩子家里去洗脸。第二天去,袜子已经剪裁好,第三天去她已经纳底子了，用的是细细的麻线。她说：

"你们那里是用麻用线？"

"用线。"我摸了摸袜底，"在我们那里，鞋底也没有这么厚！"

"这样坚实。"女孩子说，"保你穿三年，能打败日本不？"

"能够。"我说。

第五天，我穿上了新袜子。

和这一家人熟了，就又成了我新的家。这一家人身体都健壮，又好说笑。女孩子的母亲，看起来比女孩子的父亲还要健壮。女孩子的姥姥九十岁了，还那么结实，耳朵也不聋，我们说话的时候，她不插言，只是微微笑着，她说：她很喜欢听人们说闲话。

女孩子的父亲是个生产的好手，现在地里没活了，他正计划贩红枣到曲阳去卖，问我能不能帮他的忙。部队重视民运工作，上级允许我帮老乡去作运输，每天打早起，我同大伯背上一百多斤红枣，顺着河滩，爬山越岭，送到曲阳去。女孩子早起晚睡给我们做饭，饭食很好，一天，大伯说：

"同志，你知道我是沾你的光吗？"

"怎么沾了我的光？"

"往年，我一个人背枣，我们妞儿是不会给我吃这么好的！"

我笑了。女孩子说：

"沾他什么光,他穿了我们的袜子,就该给我们做活了!"

又说：

"你们跑了快半月,赚了多少钱?"

"你看,她来查账了,"大伯说,"真是,我们也该计算计算了!"他打开放在被摞底下的一个小包袱,"我们这叫包袱账,赚了赔了,反正都在这里面。"

我们一同数了票子,一共赚了五千多块钱,女孩子说：

"够了。"

"够干什么了?"大伯问。

"够给我买张织布机子了! 这一趟,你们在曲阳给我买架织布机子回来吧!"

无论姥姥、母亲、父亲和我,都没人反对女孩子这个正义的要求。我们到了曲阳,把枣卖了,就去买了一架机子。大伯不怕多花钱,一定要买一架好的,把全部盈余都用光了。我们分着背了回来,累得浑身流汗。

这一天,这一家人最高兴,也该是女孩子最满意的一天。这像要了几亩地,买回一头牛;这像置好了结婚前的陪送。

以后,女孩子就学习纺织的全套手艺了：纺,拐,浆,落,经,镶,织。

她卸下第一匹布的那天,我出发了。从此以后,我走遍山南塞北,那双袜子,整整穿了三年也没有破绽。一九四五年,我们战胜了日本强盗,我从延安回来,在碛口地方,跳到黄河里去洗了一个澡,一时大意,奔腾的黄水,冲走了我的全部衣物,也冲走了那双袜子。黄河的波浪激荡着我关于敌后几年生活的回忆,激荡着我对于那女孩子的纪念。

开国典礼那天,我同大伯一同到百货公司去买布,送他和大娘一人一身蓝士林布,另外,送给女孩子一身红色的。大伯没见过这样鲜艳的红布,对我说:

"多买上几尺,再买点黄色的。"

"干什么用?"我问。

"这里家家门口挂着新旗,咱那山沟里准还没有哩!你给了我一张国旗的样子,一块带回去,叫妞儿给做一个,开会过年的时候,挂起来!"

他说妞儿已经有两个孩子了,还像小时那样,就是喜欢新鲜东西,说什么也要学会。

一九四九年十二月

芸斋小说九题

鸡　　缸

我们住宅后面就是南市，解放初期，那里的街道两旁，有很多小摊。每到晚上没事，我好到那里逛逛，有时也买几件旧货，价钱都是很便宜的。

有一次，我买了两个磁缸，磁很厚很白，上面是五彩人物、花卉，最下面还有几只雄鸡，釉色非常鲜艳。可能是用来装茶叶或糖果的，个儿很不小，我从南市抱回家中，还累得出了一身汗。抱回来，也没有多少用途，我就在里面放小米、绿豆。

"文化大革命"期间，此物和别的一些磁器被抄走，传说我家有廿多件古董，这自然是其中之一。关于书，我心里是有底的，说有这么多古董，我却没有精神准备。这些磁器，都是小贩们当作破烂买来的，我掏一元钱买一件，他们还算是遇到了大头。现在适逢其会，居然上升为古董，我心里有些奇怪。

这当然也是有人揭发的。我们住的是个大杂院，门口有个传达室。其中值班的，有个姓钱的老头，长年穿黑布衣服，叼着铜烟袋，不好说话，对人很是谦恭。既然是传达，当然也出入我的住室，见到了我的用具和陈设。此人造反以后，态度大变，常常对着我们住的台阶，大吐其痰。不过当时这是司空见惯的现象，是时代的自然点缀，我也不以为意，我个人是同他没有恩怨的。

冬季，我到了干校，属于牛鬼蛇神。这个姓钱的，作为"革命群众"，不久也到干校去了。有一天，他指挥着我们几个人，在院里弄煤，态度非常专横霸道。忽然，有一个同伴对他说：

"钱某某，你是什么人？你原是劝业场二楼的一个古董商，专门坑害人，隐瞒身份，混入机关。你和我们一样是牛鬼蛇神，不要在那里指手划脚的了，快脱了大衣，和我们一起干活！"

当时，我真为这位棚友捏一把汗。谁知这个姓钱的，听了以后，脸色惨白，立刻一转身，灰溜溜地钻进屋子里去了，以后再也不来领导我们。他虽然并没有从此就划入我们这个阶层，同我们去住一个棚子，但这件事，颇使我们扬眉吐气于一时，很觉得开心。

后来我想，一个古董商人，解放以后，变成了传达，内心对共产党当然是仇恨的，也就无怪对进城干部是这样的态度了。他向上级谎报我家有多少古董，也就是自然可信的了。

过了几年，书籍和磁器都发还了。书籍丢失了一些，并有几部被人评为"珍贵"，劝我"捐献国家"。磁器却一件没丢，也没人劝我捐献,可见都是不入流品,也不惹人喜爱的。

我把这些瓶瓶罐罐,堆放在屋子的一个角落里。一年夏天,忽然在一个破花瓶里,发现了一只死耗子,颇使人恶心。我把耗子倒出来,把花瓶送给了帮我做饭的妇女。

这两个磁缸,我用它腌上了鸡蛋,放在厨房里。烟熏火燎,满是尘土油垢,面目皆非了。

时间过得真快,又过了几年。国家实行开放政策,与外国通商来往,旧磁器旧文物,都大涨其价,尤其是日本人敢掏大价钱。那位妇女,消息灵通,把那只花瓶送到委托店论价,竟给十五元。还说,如果不是把人头磨损了一些,可以卖到二十元。她喜出望外,更有惜售之心,又抱回家去了,并好意地来通知我说:

"大叔,你那两个缸子,不要用它腌鸡蛋了,多么可惜呀,这可能是古董。我给你刷刷,拿到委托店去卖了吧。"

我未加可否。但也觉得,值此旧磁器短缺之时,派以如此用场,也未免太委屈它们了。今日无事,把鸡蛋倒到别的罐子里,用温水把它们洗了洗,陈于几案。磁缸容光焕发,花鸟像活了一样。使我不由得有一种感慨,就像从风尘里,识拔了希世奇材,顿然把它们安置在庙堂之上了。看了看缸底,还有朱红双行款:大清光绪年制。

还查了一本有关磁器的书,这种形制的东西,好像叫做鸡缸。

这不是古董是什么！对着它们欣赏之余,因有韵文之作,其辞曰:

绘者覃精,制者兢兢,煅炼成器,希延年用。瓦全玉碎,天道难凭。未委泥沙,已成古董。茫茫一生,与磁器同。

一九八一年十一月二十四日

女　相　士

六六年秋冬之交,我被集中到机关五楼平台上一间屋子里"学习"。那时"四人帮"白色恐怖,空袭而来,我像突然掉在深渊里,心里大惑不解,所以对一块学习的是些什么人,也很少注意。被集中来的人,逐日增加,新来的总要先在班上做一些检讨,造反头头,也要对他作例行的审问。

有一天,又在审问一个新来的人:

"你自己说,你是什么阶级?"

"我是自由职业者。"答话的听来是个女人。我是没有心情去观望人家的,只是低着头。

大概过了一段时间,"反动"阶级成分都要自动提高一级。头头又追问这个女人,她忽然说:

"我是反动文人。和孙芸夫一样!"

我不由自主地抬起头来,看看到底是谁这么慷慨地把我引为同类。这是一位五十多岁的女人,身材修整,脸面秀气,年轻时一定是很漂亮的。她戴着银丝边眼镜,她的眼睛,也在注视着我,很有些异样,使我感到:她这种看人的方法,和眼睛里流露的光亮,有一点巫气或妖气。

后来,我渐渐知道,这个女人叫杨秀玉,湖南长沙市人,是机关托儿所的会计。解放前是个有名的相士,曾以相面所得,在长沙市自盖洋楼两座。这样的职业和这样的财产,当然也就很有资格来进这个学习班了。

冬季,我们被送到干校去,先是打草帘,后是修缮一间车棚,作为宿舍。然后是为市里一个屠宰场,代养二百头牛,牛就养在我们住室前的场地里。我们每天戴着星星起来,给牲口添草料,扫除粪尿,夜晚星星出来了,再回到屋里去。中间,我曾调到铡草棚工作,等到食堂买了大批白菜,我又被派到菜窖去了。

派我在菜窖工作,显然是有人动了怜悯之心,对我的照顾。因为在这里面,可避风雪,工作量也轻省得多。我们每天一垛垛地倒放着白菜,抱出去使它通风,有时就检选烂菜叶子。一同工作的是两位女同志,其中就有杨秀玉。

说实在的,在那种日子里,我是遑遑不可终日的,一点点生的情趣也没有,只想到一个死字,但又一直下不得手。例如在铡草棚子里,我每天要用一把锋利的镰刀,割断不少根捆草的粗绳。我时常掂量着这把镰刀想:如果不是割断草绳,而是割断我的脖颈,岂不是一切烦恼痛苦,就可以迎刃而解了吗?但我终于没有能这样去做。

在菜窖里工作,也比较安全。所谓安全,就是可以避免革命群众和当地农场的工人、儿童对我们的侮辱,恫吓,或投掷砖头。因为我们每个人的"罪名"、"身份",过去的级别、薪金数目,造反者已经早给公布于众了。

在菜窖里,算是找到了一个避风港,可以暂时喘喘气了。

我和杨秀玉,渐渐熟识起来。我认为此人也不坏,她的职业,说起来是骗人的,但来找的人,究系自愿。较之那些傍虎吃食,在别人的身家性命之上,谋图一点私利的人,还算高尚一些吧!有时就跟她说个话儿。另一位女同志,是过去的同事,但因为她现在是菜窖负责人,对她说话就要小心一些。因此,总是在这位同志出窖以后,我们才能畅谈。我那时已经无聊到虚无幻灭的地步,但又有时想排遣一下绝望的念头,我请这位女相士,谈谈她的生活和经历。

她说,这是她家祖传,父亲早死,她年幼未得传授,母亲给她请了一位师父,年老昏庸。不久就抗战了,她随母亲、舅舅逃到了衡阳。那时她才十三岁,母亲急于挣钱,叫她到街上去吆喝着找生意,她不愿意去。她恳求母亲,给她一元钱,在一家旅馆里,租了一间房,门口贴了一张条子。整整一个上午,没有一个顾客,她忍着饥饿,焦急地躺在旅馆的床上。到了下午,忽然进来了一个人,相了一面,给了她三元大洋。从此就出了名。

然后到贵州,到桂林,到成都,每到一处,在报上登个广告,第二天就门庭若市,一面五元。那时兵荒马乱,多数人离乡背井,都想藉占卜,问问个人平安,家人消息。她乘国难之机,大发其财。她十八岁的时候,已经积累很多金条了。

她说:"在衡阳,我亏了没到街上去喝卖,那样会大减身价,起步不好,一辈子也成不了名。你们作家,不也是这样吗?"

我只好苦笑了起来。

我们的谈笑,被那位女同志听到了,竟引起她的不满。夜晚回到宿舍,她问杨秀玉:

"你和孙某,在菜窖里谈什么?"

"谈些闲话。"杨秀玉答。

"谈闲话? 为什么我一进去,你们就不谈了! 有什么背人的事? 我看你和他,关系不正常!"

两个人吵了起来,并传了出去,使得革命群众又察觉到了一件"反动"阶级的新动向,好在那时主要是注意政治动向,因此也就没有深究,也许是不大相信,会有那种事情吧。像我们这些人,平白无故遭到这种奇异事变,不死去已经算是忍辱苟活,精神和生活的摧残,女的必然断了经,男的也一定失去了性。虽有妙龄少女,横陈于前,尚不能勃然兴起,况与半百老妇,效桑间陌上之乐、谈情说爱于阴暗潮湿之菜窖中乎。不可能也。

有一天，又剩了我们两个人。我实在烦闷极了，说：

"杨秀玉，你给我相个面好吗？"

"好。"她过去把菜窖的草帘子揭开说，"你站到这里来！"

在从外面透进来的一线阳光里，她认真地端详着我的面孔，好像从来没有见过我似的。

"你的眉和眼距离太近，这主忧伤！"她说。

"是，"我说，"我有幽忧之疾。"

"你的声音好。"杨秀玉说，"有流水之音，这主女孩子多，而且聪明。"

"对，我有一男三女。"我回答，"女孩子功课比男孩子好。"

"你眼上的白圈，实在不好。"她叹了一口气，"我和你第一次见面，就注意到了。这叫破相。长了这个，如果你当时没死，一定有亲人亡故了。"

"是这样。我母亲就在那一年去世了，我也得了一场大病。"我说，"不过这都是过去的事，无关紧要了。大相士，你相相我目前的生死存亡大关吧。我们的情况，会有好转吗？"

"四月份。"她满有信心地说，"四月份会有好消息。"

正在这时，听到了那一位女同志的脚步声，她赶紧向我示意，我们就又都站到白菜垛跟前工作去了。

真的，到了夏季，我们的境遇就逐渐好起来，虽然前途仍在未卜之数，八月份我也算是得到了"解放"，回到家里来了。

芸斋主人曰：杨氏之术，何其神也！其日常亦有所调查研究乎？于时事现状，亦有所推测判断乎？盖善于积累见闻，理论联系实际者矣！"四人帮"灭绝人性，使忠诚善良者，陷入水深火热之中，对生活前途，丧失信念；使宵小不逞之徒，天良绝灭，邪念丛生。十年动乱，较之八年抗战，人心之浮动不安，彷徨无主，为更甚矣。惜未允许其张榜坐堂，以售其技。不然所得相金，何止盖两座洋楼哉！

一九八一年十一月二十六日晚

高　跷　能　手

干校的组织系统，我不太详细知道。具体到我们这个棚子，则上有"群众专政室"，由一个造反组织的小头头负责。有棚长，也属于牛鬼蛇神，但是被造反组织谅解和信任的人。一任此职，离"解放"也就不远了。日常是率领全棚人劳动，有的分菜时掌勺，视亲近疏远，上下其手。

棚是由一个柴草棚和车棚改造的，里面放了三排铺板，共住三十多个人。每人的铺位一尺有余，翻身是困难的。好在是冬天，大家挤着暖和一些。

我睡在一个角落里，一边是机关的民校教师，据说出身是"大海盗"；另一边是一个老头，是刻字工人。因为字模刻得好，后来自己开了一个小作坊，因此现在成了"资本家"。

他姓李名槐，会刻字模，却不大会写字。有一次签字画押，竟把槐字的木旁丢掉，因此，人们又叫他李鬼。

他既是工人出身，造反的工人们，对他还是有个情面的。但因为他又是由工人变成的"资本家"，为了教育工人阶级，对他进行的批判，次数也最多。

每次批判，他总是重复那几句话：

"开了一年作坊，雇了一个徒弟，赚了三百元钱，就解放了。这就是罪，这就是罪……"

大家也都听烦了。但不久，又有人揭发他到过日本，见过天皇。

这问题就严重了，里通外国。

他有多年的心脏病，不久就病倒了，不能起床。最初，棚长还强制他起来，后来也就任他一个人躺着去了。

夜晚，牛棚里有两个一百度的无罩大灯泡，通宵不灭；两只大洋铁桶，放在门口处，大家你来我往，撒尿声也是通宵不断。本来可以叫人们到棚外小便去，并不是怕你感冒，而是担心你逃走。每夜，总有几个"牛鬼蛇神"，坐在被窝口上看小说，不睡觉，那也是奉命值夜的。这些人都和造反者接近，也可以说是"改造"得比较好的。

李槐有病，夜里总是翻身、坐起，哼咳叹气，我劳动一天，疲劳得很，不得安睡，只好掉头到里面，顶着墙睡去。而墙上正好又有一个洞，对着我的头顶，不断地往里吹风。我只好团了一个空烟盒，把它塞住。

李槐总是安静不下来。他坐起来，乱摸他身下铺的稻草，这很使我恐怖。我听老人说过，人之将死，总是要摸炕席和衣边的。

"你觉得怎样，心里难过吗？"我爬起来，小声问他。

他不说话，忽然举起一根草棍，在我眼前一晃，说：

"你说这是什么草？"

他这种举动，真正吓得我出了一身冷汗。

第二天，我也病了，发高烧。经医生验实，棚长允许我休息一天，还交代给我一个任务：照顾李槐。

这一天，天气很好，没有风。阳光从南窗照进来，落到靠南墙的那一排铺上。虽然照射不到我们这一排，看一看也是很舒服的。我给李槐倒了一杯水，放在他的头前。我说：

"人们都去劳动了，屋里就是我们两个。你给我说说，你是哪一年到日本去的？"

"就是日本人占着天津那些年。"李槐慢慢坐了起来，"这并不是什么秘密，过去我常和人们念叨。我从小好踩高跷，学徒的时候，天津春节有花会，我那时年轻，好耍把，很出了点名。日本天皇过生日，要调花会去献艺，就把我找去了。"

"你看见天皇了吗？"

"看见了。不过离得很远，天皇穿的是黑衣服，天皇还赏给我们每人一身新衣服。"

他说着兴奋起来,眼睛也睁开了。

"我们扮的是水漫金山,我演老渔翁。是和扮青蛇的那个小媳妇耍,我一个跟斗……"

他说着就往铺下面爬。我忙说:

"你干什么?你的病好了吗?"

"没关系。"他说着下到地上,两排铺板之间,有一尺多宽,只容一个人走路,他站在那里拿好了一个姿势。他说:

"我在青蛇面前,一个跟斗过去,踩着三尺高跷呀,再翻过来,随手抱起一条大鲤鱼,干净利索,面不改色,日本人一片喝彩声!"

他在那里直直站着,圆睁着两只眼睛,望着前面。眼睛里放射出一种奇异多彩的光芒,光芒里饱含青春、热情、得意和自负,充满荣誉之感。

我怕他真的要翻跟斗,赶紧把他扶到铺上去。过了不多两天,他就死去了。

芸斋主人曰:当时所谓罪名,多夸张不实之词,兹不论。文化交流,当在和平共处两国平等互惠之时。国破家亡,远洋奔赴,献艺敌酋,乃可耻之行也。然此事在彼幼年之期,自亦可谅之。而李槐至死不悟,仍引以为光荣,盖老年胡涂人也。可为崇洋媚外者戒。及其重病垂危之时,偶一念及艺事,竟如此奋发蹈厉，至不顾身命，岂其好艺之心至死未衰耶。

一九八一年十一月二十八日上午

言　　戒

我的为人，朋友们都说是谨小慎微，不苟言笑的。现在还有人这样评价，其实是对我不太了解之故。我说话很不慎重，常常因为语言缘故得罪于人，有一次，并从中招来大祸，几乎断送性命。如果不趁我尚能写作之时，把它写出来，以为后世之戒，并借此改变别人对我的一知半解的印象，那将是后悔莫及的了。

我在四十年代之末，进入这个码头城市。我是在山野农村长大的，对此很不习惯，不久就病了。在家养病，很少出门，也很少接触人。除去文字之过，言过本来可以很少。人之为物，你在哪一方面犯错误少，就越容易在哪一方面犯大错误。

有一天，时值严冬，我忽然想洗个澡，我穿上一件从来不大穿的皮大衣，戴了一顶皮帽，到街上去。因为有病，我不愿到营业的澡堂去洗，就走到我服务的机关大楼里去了。正是晚上，有一个中年人在传达室值班。他穿一身灰布旧棉衣，这种棉衣，原是我们进城时发的，我也有一套，但因为近年我有些稿费，薪金也多了，不能免俗，就改制了现在的服装。

他对着传达室的小窗户，悠然地抽着旱烟，打量着我。他好像认识我，我却实在不认识他。

"同志，今天有热水吗？"我问。

"没有。"他回答得很冷淡，但眼睛里却有一种带有嘲笑的热意。

我刚要转身走去，他却大声说：

"听说你们写了稿子，在报上登了有钱，出了书还有钱？"

"是的。"我说。

"改成戏有钱，改成电影还有钱？"

"是的。"我又回答。我不明白他是什么意思，我简单地以为他是爱好羡慕这一行。这样的人在当时是常遇到的。我冲口就说了一句："你也写吧。"

这四个字，使得同我对话者，突然色变，一句话也不说了。我自己也感到失言，赶快从那里走出来。在路上，我想，他会以为我是挖苦他吧，他可能不会写文章吧。但又一想，现在不是有人提倡工农兵写作吗？不是有人一个字不认识，也可以每天写多少首诗，还能写长篇小说吗？他要这样想就好了，我就不会得罪他了。

一转眼，就到了一九六六年。最初，我常看到这个人到我们院里来，宣传"革命"。不久，我被揪到机关学习，一进大门，就看到他正在张贴一幅从房顶一直拖到地下的，斗大墨笔字大标语，上面写着：

"老爷太太们,少爷少奶奶们,把你们手里的金银财宝,首饰金条,都献出来吧!"

那时我还不知道造反头头一说,但就在这天晚上,要开批斗大会。他是这个会的组织者和领导者。

先把我们关在三楼一间会议室里,这叫"候审"。我们垂头丧气地坐在那里,等候不可知的命运。我因为应付今天晚上的灾难,穿着一身破烂不堪的棉衣。

他推门进来了。我抬头一望,简直认不出来了。他头戴水獭皮帽,身穿呢面貂皮大衣,都是崭新的;他像舞台上出将一样地站在门口,一手握着门把,威风凛凛地盯了我一眼,露出了一丝微笑。我自觉现在是不能和这些新贵对视的,赶紧低下头。他仍在望着我,我想他是在打量我这一身狼狈不堪的服装吧。

"出来!"他对着我喊,"你站排头!"

我们鱼贯地走出来,在楼道里排队,我是排头,这是内定了的。别的"牛鬼蛇神",还在你推我让,表示谦虚,不争名次,结果又被大喝一声,才站好了。

然后是一个"牛鬼蛇神",配备上两个红卫兵,把胳膊挟持住,就像舞台上行刑一样,推搡着跑步进入了会场。然后是百般凌辱。

我认为这是奇耻大辱。当天夜里,触电自杀,未遂。

就在这么一位造反头头的势力范围里,我在机关劳动了半年。后来把我送到干校,我以为可以离开这个人了,结果他也跟去了,是那里的革委会主任。在干校一年多,我的灾难,可想而知,不再赘述了。

干校结束,我也就临近"解放"了。回到机关,参加了接收新党员的大会。会场就在批斗我们的那个礼堂。这个人也是这次突击入党的,他站在台上,表情好像有点忸怩。听说,他是一个农民。原在农村入过党,后来犯了什么错误,被开除了,才跟着哥哥进城来,找了个职业。现在因为造反有功,重新入党。这天,他没有穿那件崭新的皮大衣,听说那是经济主义的产物,不好再穿了。

芸斋主人曰:金人三缄之戒,余幼年即读而识之矣。况"你也写"云云,乃风马牛无影响之言,即有所怀恨,如不遇"四人帮"之煽动,可望消除于无形,不必遭此荼毒也。其不平之气,不在语言,而在生活之差异矣!故彼得志报复之时,必先华衮而斧钺也。古时,西哲有乌托邦之理想,中圣有井田之制定,惜皆不能实行,或不能久行。因不均固引起不断之纷争,而绝对平均,则必使天下大乱也。此理屡屡为历史证明,惜后世英豪,明知而仍履其覆辙也。小民倒霉矣!

一九八一年十二月二十九日晨起改讫

三　马

一九六六年冬天,情形越来越不好,每天我很晚"开会"回来,老伴一个人坐在灯下等我,先安排着我吃了饭,看到我那茶饭无心,非常颓丧的样子,总是想安慰安慰我,但又害怕说错了话,惹我生气。就吞吞吐吐地说:

"你得想开一点呀,这不也是运动吗,你经过的运动还少吗? 总会过去的。你没见土改吗? 当时也闹得很凶,我不是也过来了吗?"

我一向称赞她是个乐天派。闹日本的时候,一天敌人进了村,全村的人都逃出去了。她正在坐月子,走动不了。一个日本兵进了她的屋,她横下一条心,死死盯着他。可是日本兵转身又走了。事后她笑着对我说:"日本人很讲卫生吧,他大概是闻不了我那屋里的气味吧!"我家是富农,她经历了老区的土改,当时拆房、牵牛,她走出走进都不在乎,还对正在拆房的人说:"你慢点扔砖呀,等我过去,可别砸着我。"到搬她的嫁妆时才哭了。我说:

"那时,虽然做得也有些过分,但确是一场革命。我在外面工作,虽然也受一点影响,究竟还是革命干部呀。"

"现在,你就不是革命干部了吗?"她问。

"我看很玄了,我不知道他们要干什么。这回好像是要算总账，目标就是老干部和有文化的人。他们把我们看成是最危险的敌人了。走到哪里，都有人在跟踪我，监视我。你们在家里说话，也要小心，我怕有人也在监视你们。地下室可能有人在偷听。"

"你不要疑神疑鬼吧，哪能有那种事呢?"老伴完全不相信，而且有些怪我多疑了。

"你快去睡觉吧，"我有些不愿再和她谈了，"你看着吧，他们要把老干部全部逼疯、逼死! 这个地方的人，不是咱老家的农民，这地方是个码头，什么样的人都有的，什么事也干得出来。"

老伴半懂不懂地叹了口气，到里间睡觉去了。

随着不断地抄家，随着周围的人对她的歧视，随着她出门买粮、买菜受到的打击，随着我的处境越来越坏，随着不断听说有人自杀，她也觉得有些不对头了。她是一个病人，患糖尿病已经近十年，遇上这种事，我知道，她也活不长了。

那些所谓"造反"者，还在不断逼迫，一步紧似一步。一天下午，我正在大楼扫地，来了一个人，通知我几天以内搬家。我回到家来，才知道是勒令马上搬家。家里已经乱作一团，晚饭也没吃。除一名造反者监临外，还派来几名"牛鬼蛇神""帮忙"。本来就够逼命的了，老伴又出了一件岔子，她因为怕又来抄家，把一些日用的钱，藏在了破烂堆里，小女儿不知道，把这堆破烂倒出去了，好容易才找回来。胡乱搬了一些家具、衣物,装满一卡车,到了新住处,已经有十一点了。

那是一小间南房,我们进去,有人正在把和西邻的隔山墙,打开一个大洞。并且,还没有等我们把东西安置一下,就把屋顶上的惟一的小灯泡摘走了,我们来时慌慌张张,并没有带灯泡来。

老伴这才伤心了,她在我耳边问:

"人家为什么要在墙上凿个洞呢?"

"那是要监视我,不然,你还不相信呢。"我说。

把原来三间房子的东西,堆在一小间里,当然放不开。院里也就堆放了一些,任人偷窃践踏。

这里住户虽说不少,没人愿意理我们,也不敢理。惟独东邻一个十六七岁的男孩,主动地对老伴说:

"大娘,你刚刚搬来,缺什么短什么,就和我说吧!"

使得老伴感激落泪。

后来,我知道,这个孩子的父亲,原来也是我们机关的职工,因为在日本人办的报馆做过事,被定为日本人的特务。这次运动又提起来了,已经不许回家。他有三个儿子,大的叫大马,二的叫二马,都因为父亲的问题,到了年龄,找不到对象,进了精神病院。这个老三,叫做三马,看起来,聪明伶俐,一个人在家里过日子,屋里院里弄得井井有条。我的老伴有病,我又每天早出晚归,他确实帮过不少忙。

在很长一个时期,我甚至认为他是惟一对我家没有敌意并怀有同情之心的人了。

后来,我也被管制在大院后楼,不许回家,和他父亲住在一处。这个人因为是老问题,造反者的里面,又有不少人是他过去的同事,对他并不注意,而且很宽容,并派他监视我们。他的床铺放在临门的地方,每逢我出去,他总是慢慢跟在后面,从容不迫,意在笔先,驾轻就熟,若无其事。比起那些初学乍练的来,显得高明老练得多了。他也从不用言词和行动伤害我,只是于无形无声中,表示是受人之命,不得不如此而已。因此,我对他也没有反感。

当我临近"解放",我的老伴就在附近医院去世了。我请了两位老朋友,帮着草草办了丧事,没有掉一滴眼泪。虽然她跟着我,过了整整四十年,可以说是恩爱夫妻,并一同经历了千辛万苦。

不久,我搬回了原来住的地方,告别了那间小屋。有一天,忽然听人说,三马因为两个哥哥回来了,不愿和两个疯人住在一起,自己偷偷住进了我留下的那一小间空房。被管房的知道了,带一群人硬逼他出来,他恳求了半天,还是不行,又挨了打,就从口袋里掏出一瓶敌敌畏,当场喝下去死掉了。听到这个消息,我的干枯已久的眼眶,突然充满了泪水。

芸斋主人曰:鲁迅先生有言,真正的勇士,能面对惨淡的人生,正视淋漓的鲜血。余可谓过来人矣,然绝非勇士,乃懦夫之苟且偷生耳。然终于得见国家拨乱反正，"四人帮"之受审于万民。痛定思痛，乃悼亡者。终以彼等死于暗无天日，未得共享政治清明之福为恨事，此所以于昏眊之年，仍有芸斋小说之作也。

一九八二年一月二日晨起改讫

葛 覃

一

他名叫葛覃。我记得这两个字出自《诗经》。但年老了，恐怕记得不准，找出书来查查，所记不误。题作"葛覃"的这几段诗，是古代民歌，也很好读。在这几章诗的后面，有古人的一段议论，说：

此诗后妃所自作，故无赞美之词。然于此可以见其已贵而能勤，已富而能俭，已长而敬不弛于师傅，已嫁而孝不衰于父母，是皆德之厚而人所难也。

这一段议论，虽然莫名其妙，不知为什么，在我的心里，和葛覃这个人，连结起来了。

二

我们认识的时候，还都是青年，他比我还要小些，不过十七八岁。人虽然矮小一些，却长得结实精神，一双大眼，异常深沉。他的家乡是哪里，我没有详细问过，只知道他是南方人，是江浙一带的中学生。为了参加抗日，先到延安，一九三九年春天，又从延安爬山涉水来到晋察冀边区。我们见面时，他是华北联合大学文艺学院文学系的学生，我在那里讲一点课，算是教员。一九四一年，边区文艺工作者协会成立，我们一同参加了成立大会，他已经写了不少抗日的诗歌，他的作品富于青春热情和抗争精神，很多人能够背诵。一九四二年开始整风，文艺工作者纷纷下乡，各奔东西，我们就分别了。

后来听说葛覃到了冀中区，后来又听说他到了白洋淀。那个时候，冀中区斗争特别激烈残酷，敌人的公路如网，碉堡如林，我们的大部队，已经撤离，地方武装也转入地下，原来在那里的文艺工作者，也转移到山里来了，而葛覃却奔赴那里去了。

我心里想，这位青年诗人，浪漫主义气质很明显，一定是向往那里的火热斗争，或者也向往那里的水乡景色，因为他来自江南。或者吃厌了山沟里的糠糠菜菜，向往那里的鲜鱼大米吧。

山川阻隔，敌人封锁，从此就得不到他的消息，也不知道他的生死，我就渐渐把他忘记了。

三

日本投降以后，我回到了冀中，也曾经到过白洋淀，但没有听到他的消息，也没有想到探寻他的下落。我的生活也一直动荡不安。经过三年解放战争，我到了天津，才从文艺学院另一位同学那里，知道葛覃还在白洋淀。那位同学说：

"他一直在那里下乡，也可以说在那里落户了。他的下乡，可以说是全心全意的了吧！"

进城以后，我的生活进入了新的不安定阶段，听到了这个消息，并没有感到惊异，也没有想到去看望他。这时，人与人之间的关系，已经不像在山地那样，随时关心，随时注意了，这就叫做"相忘于江湖"！大家关心、注意的是那些显赫的人物和事件，报纸刊出的或电台广播的消息：谁当了部长，谁当了主任，谁写了名著，谁得到了外国人的赞扬……作家们还是下乡，有时上边轰着下去一阵，乡下炕席未暖，又浮上来了。葛覃下乡虽然彻底，一下十几年，一竿子扎到底，但他并没有因此出名，也没有人表扬他，因为他没有作品，一首诗也没有发表过。他到底在干什么呀，这倒引起了我的好奇心！

"文化大革命"来了，大动乱开始了，文艺界的很多知名人士，接连不断地被打倒，被游街示众，被大会批判，被迫自杀身亡，几年的时间，已经弄得哀鸿遍野，冤魂塞路……我算是活下来了，但生活下去还是很艰难，惶惶终日，自顾不暇，把所有的亲人、朋友、同志,都忘记了,当然更不会想到葛覃。

四

但就是在这个时候,我见到了葛覃。我所在的城市,有一个文教女书记,因为和江青有些瓜葛,权势很大,人称太上皇。她想弄出一个样板戏,讨江青的欢喜。市京剧团,原来弄了一个脚本,是写白洋淀抗日斗争的,但一直不像个样板。正赶上我已经被"解放",有人向女书记介绍了我,说我写过白洋淀,可以参加样板戏的创作。因此,我就跟着剧团到白洋淀去体验生活,住在淀边一个村庄。行前,文艺学院那位同学告诉我,葛覃就是在这个村庄教小学。

到那里的第二天早晨,我就去找葛覃,小学在村庄的南头,面对水淀。校舍很宽敞,现在正是麦收季节,校门前的大操场,已经变成了打麦场。到学校一问,现在放假,葛老师到区上开会去了。

这个村庄街道很窄,每天早晨,我到操场去散步。有一次,看到一个农民穿戴的中年人,从学校出来,手里提了一个木水桶,上到淀边的船上,用一根竹竿,慢慢把船划到水深处,悠然自得,旁若无人。然后打了一桶水,又划回来,望了我一眼,没有任何表情,提着水桶到学校去了。我看这个人的身影,有些像葛覃,就赶快跟了进去。他正在厨房门口往饭锅里添水,我喊了一声:

"葛覃!"

他冷漠地看了看我,说:

"听说你们来了。"

我随他走进屋里,这是他的厨房兼备课室,饭桌上零散地放着一些书籍报纸,书架上也放着一些碗筷、瓶罐。

我看着他做熟了饭——一碗青菜汤;又看着他吃完了饭——把一个玉米面饼子,泡在热汤里,他差不多一句话也没有说。没有问我现在的工作,这些年的经历,"文化大革命"的遭遇;也没有谈他在这里的生活和经历。比如说土改、四清,他有没有问题,和老家有没有联系。

在这种气氛下,我也没有多谈,只是翻看他桌上的书报,临走向他借了一本范文澜的《中国通史简编》,拿回住处去看。

过了几天,村干部们在小学里请一位来参观的军官吃饭,把我拉去陪客。我去应付了一下,就托辞出来,去看葛覃。这次他把我让进了卧室。那是由一间教室的走廊,改造而成。临院子的一面,用牛皮纸糊得严严的,阳光也射不进来。一副木床板上,放着他的铺盖卷,此外,什么也没有。室内昏暗,空气也不佳,我又把他叫出来,在院里站着谈话。

他好像有了一点兴致。

他说:

"张春桥现在做什么官儿?"

"政治局常委,国务院副总理。"我说,"看来还不满足,还想往上爬哩!"

"你记得吗?"葛覃脸上忽然闪过一丝笑意,"我们在华北联大开会时,他只能当当司仪,带头鼓掌喊口号,此外就什么也不会干了。"

在庭院里,我觉得不应该议论这种人物,尤其是眼下,不远的地方正在有宴会进行,我没有把话接下去。这时剧团里的两位女演员跑来叫我去开会,我就走了,他也没有送我出来。

在村里,我问过村干部,葛覃在这里结过婚没有。他们说,前些年,曾给他介绍过一个女的,结婚以后,那女的脾气不好,有点虐待葛老师,就又离散了。他们说葛老师初来时,敌人正在疯狂烧杀,水淀的水都叫血染红了,他坚持下来了。人很老实,人缘也好,历次运动,我们都没有难为过他。在村里教书整整三十年,教出的学生,也没有数了。

五

去年,有一位白洋淀的业余作者到天津来,我又问起葛覃的生活。他说:

"又结了婚,这个女的,待他很好,看来能够白头偕老了。不过,究竟为什么,一个人甘心老死异乡?除去到区县开会,连保定这个城市也不愿去一趟。认识的老同志又很多,飞黄腾达的也不少,为什么也从不去联络呢?过去好写诗,为什么现在一首也不写呢？这就使人不明白了。"

我说：

"因为你是一个作家，所以才想得这样多。我在那个村庄的时候，农民就没有这些想法。他们早把葛老师看成是本乡本土的人了。他不愿再写诗，可能是觉得写诗没有什么用，是茶余酒后的玩艺儿。他一字一句地教学生读书，朗朗的书声，就像春天的雨水，滴落在地下，能生菽粟，于人生有实际好处。他不是我们这个时代的隐士，他是一名名副其实的战士。他的行为，是符合他参加革命时的初衷的。白洋淀的那个小村庄，不会忘记他，即使他日后长眠在那里，白洋淀的烟水，也会永远笼罩他的坟墓。人之一生，能够被一个村庄，哪怕是异乡的水土所记忆、所怀念，也就算不错了。当然，葛覃的内心，也可能埋藏着什么痛苦，他的灵魂，也可能受到过什么创伤，他对人生，也可能有自己特殊的感受和看法，这也是人之常情，不足为怪，也不必深究了。"

芸斋主人曰：人生于必然王国之中，身不由己，乃托之于命运，成为千古难解之题目。圣人豪杰或能掌握他人之命运，有时却不能掌握自己之命运。至于凡俗，更无论矣。随波逐流，兢兢以求其不沉落没灭。古有隐逸一途，盖更不足信矣。樵则依附山林，牧则依附水草，渔则依附江湖，禅则依附寺庙。人不能脱离自然，亦即不能脱离必然。个人之命运,必与国家、民族相关联,以国家之荣为荣,以社会之安为安。创造不息,克尽职责,求得命运之善始善终。葛覃所行,近斯旨矣。

一九八四年二月二十三日

春 天 的 风

现在已经进入"九九",春天确实来了。外面刮着很大的风,庭院尘土迷漫,呼呼作响。我在屋里没事干,想起一些往事,心里很郁闷。我是不愿意在郁闷中消磨精神、消磨时光的。我想写点什么,一方面是排遣,一方面也是做一点工作。

我刚刚写得流畅一些,漂亮的文词不断涌现,心情也愉快起来。这时有人敲门。我最怕写东西的时候来客人,重大的敲门声,常常引起我的反感,不得不强自克制,以免得罪客人。这次敲门声音很轻微,我放下笔去开门,来客是一位女郎。

她身长玉立,穿一件浅花棉袄,围一条驼色大宽围巾。从面容和眼神上,我看出她是神经方面不健康的人。近几年来,常常有这样的青年来找我。我年纪大了,又是一个人生活,同院的人,很为这种事情担心,有时就跟了进来,以防不测。我对邻居们解释:不会出什么事,他们不会在我屋里大闹的。因为来找我的人,第一,都是书生,文学爱好者;第二,他们既然找我,就是对我尊重,甚至还有些崇拜。当然我也要注意,不要惹翻他们,要用好言语,把他们打发走,也就是,把他们哄走。

女孩子很礼貌,我让给她一把藤椅,她说:

"你老年纪大了,理应坐椅子,我坐凳子。"

她自己拉了一只小凳,坐了下来。

我心里安定下来,并对她发生了好感。

女孩子接着说:

"我想拜访一位作家,我就想到了你老。"

"你找我要谈些什么呀?"我和气地说,照例把眼睛眯了起来,这样可以使对方畅所欲言,我自己也可以节约精神。

女孩子用低沉的声音说:

"我想问问你,我还需要不需要写作?"

"你带了稿子来吗?"我问。

"没有。我不想写东西了。因为我看到周围的人,他们的生活、思想、感情,都不是那么高尚,他们都很自私。我想,不值得我去写。"

我说:

"这可能是因为你身体不好,精神不好。你可以先休息休息,等精神好的时候,再写。那时候,你就会觉得,有些人还是很好的,很可爱的。"

"我从九岁的时候,就得了这种病,我很固执,我想不通。"

女孩子说,"我走到你这里来,很困难,我口袋里装着很多药。"

"是中药还是西药?"我问。

"什么药也有。"她说着掏出一包药丸叫我看。有一个小纸条掉在地下,我提醒她捡了起来。她说:"一张电影票,没有意思,我不想去看了。"

我在心里计算着一个数字:九岁……我问:

"你今年多大了? 你的父母做什么工作。"

"二十七岁。"女孩子说,"我一个人留在这里,我的父亲和母亲都在保定,他们都在大学教书。"

"你应该到保定去住,那里空气好一些,对你的身体有利。"我对她说。那个数字也计算出来了,她是一九六六年得的病。"你对生活要乐观。你的家庭,你的父母,现在不是很好了吗?"

"保定的空气就是好,"女孩子说,"在那里,我的围巾,一个月还是很干净。在这里,几天就黑了。可是,我对生活,是没有信心的。我每天应付很多生活上的琐事,我有些应付不了。生活,并不像文学作品描写得那样可爱。"

"那还是因为你有病。"我用非常同情的口吻说,"生活就是生活,它不像你想的那样好,可是也不像你想的那样不好。你记着我说的这句话。这不是我的创造,这是我十四岁时,刚上初中,从一本书上,得到的启示。我一生信奉它,对我有很大好处,我现在把它奉送给你。你现在,要离开这个城市,这里对你的病很不利,这里的空气污染,噪音刺激,都很严重。

你应该到农村去,呼吸新鲜空气,吹新鲜的风。"

"你叫我去当农民吗? 我还没有找到朋友哩!"女孩子忽然有些不安静了。

"不是。"我赶紧解释,"你可以请假去,碍不着你的城市户口,也不耽误你找对象。我坦白地告诉你,我也得过你这种病症,我们可以说是同病相怜。这种病死不了人,但要换环境。不换环境,很难治好。这个城市,人太多,太拥挤,竞争,也可以说是争夺,必然很厉害。只能促使你的病加剧,不能减轻。你的病需要大量的新鲜氧气。我在一九五六年,得了神经衰弱症,很是严重,我可以说是被迫离开了这个城市。我先到了小汤山疗养院,在那里洗了温泉,吹了由温泉形成的湖泊的风。每天在湖边转,学习屈子的泽畔行吟,我想屈子那时也是有病。然后我到了青岛,我吹海风,洗海水澡。不分冬夏,不分昼夜,我在海边,呼吸海水发出的新鲜氧气。然后,我又到了太湖,坐在太湖边的大岩石上,像一个入定的和尚,吹着从浩淼的水面,从芦塘、稻田吹过来的风。我一个人坐船到蠡园,到梅园,到鼋头渚……"

"我没有你那个条件。"女孩子忽然插了一句。

"是的。你没有我的条件。治疗这种病当然最好是吹海风,其次是湖泊的风,再其次是河流的风。你农村有亲戚吧?吹吹农村的风,对你也有利。从幼年,我就生活在农村。那里的女子们,身体都很好,脸都很红润。整天说说笑笑,生活得快乐无比,她们不会得病,我每天都思念农村,在那里,人与人的间隔大,关系会好得多。"

"那你为什么不回到农村去呢?"女孩子又插了一句。

这个问题,确实不好回答,难住了我。我为什么不回到农村去呢? 我可以说,我出来革命,时间太久了,那里没有亲人,无家可归了。或者说,我老了,走不动了。好像都不成道理。我的热心肠,并没有冷下来,我试探着说:

"我可以给你介绍一个女作家,你和她可以谈得很好。"

"你给我介绍谁?"女孩子问。

"你想找谁?"

"我喜欢××的小说。"

"我不认识她。另外,她在北京。我给你介绍一个别人吧,也很有名,又住在本市。"

我拿过信纸来,写道:

"兹介绍×××到你那里,请你和她谈谈文学方面的问题和人生方面的问题。请你多鼓励她,帮助她。"

为了郑重,我又写好一个信封,把信纸装好,交给她。

女孩子一直站在我的身旁,看着我做这些事,并给我改正了一次笔误。她把信收起来,脸上有些笑意,说:

"希望你老人家保重。你说我还应该写作吗?"

"应该,你很聪明懂事,我想你一定写得很好。"我说,"我们生活在现实中间,应该为它做一些有益的工作。"

她又很礼貌地向我告别。

春天的风，还在刮着。

芸斋主人曰：今日虽稍误作业，然能安慰一有病女郎，较之文事，其意义为大矣。余自中年，患神经衰弱，所经医师，率皆初离课堂，查阅讲义，心广体胖，从未失眠，满腹老婆孩子，油盐酱醋。无怪其对病人痛苦，漠然无体验也。三折肱，可以成为名医，从今而后，余或可成为业余脑系科大夫欤！

一九八四年三月四日

心　脏　病

过去，我一直认为自己只有脑病，没有心脏病。其实，进城初期，报社杨经理，叫我到市里一家医院，检查一下身体，说是有病的人可以吃保健饭。检查以后，卡片上明明写的是心脏病三个大字。但是我却毫不在意，以为不过是为了照顾我吃上保健饭，大夫胡乱给填写了一个病名。

又有一次，是"文化大革命"后期，大概是一九七四年冬季，上级忽然叫这些斗了多少个死去活来的老干部，去总医院检查身体。带有政治性质，不去还不行。检查结果，也写着冠状动脉硬化等字样，我也没有拿它当作一回事。因为我想，既然死里逃生，还管它这里硬化，那里软化干什么。

不巧的是，我那时刚刚和一位张女士结了婚。我们这般年纪，当然都是再婚。她看到检查结果，心情很沉重，以为好不容易结合了，却是一个病人，大为担心失望，一定要带我去做一次心电图。那时，心电图这玩意儿，刚刚传到中国，大家对它很信任。

总医院分门诊部和住院部，我检查身体是在门诊大楼，这回张女士带我做心电图，是在马路对过的住院部大楼。先在楼下交了费，取了单据，然后上楼去做心电图。管做心电图的女护士，有二十来岁，穿着那时还很时髦的绿色军装。

女护士一看单据，就生了气，大声说："你应该到门诊部去做！"

张女士低声赔笑说："我们在楼下交的费，他叫我们到楼上来！"

我躺在病床上，女护士一边拉扯电线，一边摔打着往我四肢上套，像杀宰一样。她一直怒气不息，胡乱潦草地完事，把心电图摔给了张女士，撵我们出屋，就碰上门走了。

我和张女士都一直蒙在鼓里，不明白这位女护士，为什么对我们发这样大的火，我们究竟走错了哪一步？

"去交给大夫看看吗？"张女士拿着那张心电图问我。

"不用了。"我说，"我的心脏很好。"

"你怎么知道？"张女士问。

"你还没有看清楚,即使我的心脏一点毛病也没有,也被这位女护士气死在床上,起不来了。既然我完好如初,这就证明:我的心脏非常健全,不同一般。"

张女士几乎是破涕为笑了。我接着说:"她可能看出我的身份。她是小巫,不足挂怀。这些年,我见过的大小流氓、大小无赖、势利小人、卑劣小人,可以说是车载斗量,不计其数,阵势比她摆弄的这一套大得多。我看她顶多是个新贵子弟,也不是护士科班,很可能是依仗权势,进来充数的。"

从这以后,我对我的心脏更有信心了。同时自信,我之所以能够活到现在,能够长寿,并不像人们常常说的,是因为喝粥、旷达、乐观、好纵情大笑等等,而是因为这场"大革命",迫使我在无数事实面前,摒弃了只信人性善的偏颇,兼信了性恶论,对一切丑恶,采取了鲁迅式的,极其蔑视的态度的结果。

我有将近二十年的时间,没有再到过医院。视为畏途。

但是,无论怎样大圣大哲,他的主观愿望和臆测,终究代替不了科学和现实。况无知如我,怎能不受到惩罚呢?

一九九一年一月二十八日记:今日下午三时,午睡后,脉有间歇,起床颇觉心慌不适,走动时亦感心律甚乱。后吃饼干十片,芝麻糖两片,觉稍好。盖腹泻已两月,吃饭又少,营养不良所致。过去缺糖症状,不是这样,甚可虑也。晚记。

以上这段话,写在北京季同志寄赠的《日本古代随笔选》的包书纸上。报社大夫闻讯来诊,仍说心电图显示心脏很好,根据我的口述,只劝我继续吃治腹泻的药,并多吃一些补品。

我也就忘记了心脏的事。有一天,同一位同志谈话,有两句不入耳的话,我听了以后,忽然觉得心肌狠狠扯动了两下。这种现象过去没有,随即停止了谈话。

二月四日下午记:心脏发病,坐卧不安,浑身无力,不能持重,不能扫地、搬书,甚至不能看书阅报,这才真正成了一个心脏病人。从前天起,贴条子谢来访者。

以上这段话,写在山东邓同志寄赠的一本《谈龙录》的包书纸上。

报社医生又赶来,给了一些治心脏病的药,并特别照顾,给买了西洋参、蜂王精等补品。因为外边传说,我自己舍不得花钱买这些东西。

从此,就每天按时服药,太阳升上来,就坐在窗下,嘴里含几片花旗参,慢慢咀嚼着,缅怀往事。朋友们婉言劝告,应该住院,千万不要把病耽误了。我则想:病没得正,会自痊,如果得正,则无所谓耽误。

有一位姓李的老同事,老邻居,进城初期当记者,专跑医院,认识很多专家,一九五六年我得脑病,常带我去看病。这次,他很关心,又知道我这些年不愿到医院,甚至也不愿找医生,近似讳病忌医,就拿了我近日做的心电图,去拜访专家,问问要紧不要紧。不久,就又热心地来和我详细谈了专家的看法和意见。我说:"代我谢谢专家。看起来,你的面子还真大,不带病人去,人家还会和你谈得这么详细。真不简单。这就像看稿子一样,如果有人不带作品叫我看,只来和我谈情节,我是不会和他谈的。"

老李说:"我劝你去做一次心流图,不是心电图。我最近做过一回,自己能看到自己的心脏和血液循环,清清楚楚。好极了。"

我说:"你知道,我神经衰弱,在电视节目上,我看见给别人做那个,心里还不舒服,何况自己去看自己?我受不了。专家讲的,我都明白,这就够了。写文章,可以写得明快一些,对于生活,对于自己的病,我是个朦胧派。"

老李苦笑着走了。

芸斋主人曰:心脑相连,古人以心为人体之主,非无因也。余所用商务民国四年出版之学生字典,心部共收字一百六十九。可略见人生情感之事,均与心脏有关。有人以钟摆喻心脏,亦有道理。然自念一生,颠沛流离,忧患相仍,心为百感交集之地,经七十余年之冲撞磨损,即钢铁所铸,亦当千疮百孔,破败不堪,况乃血肉之躯乎!也真难为它了,它也的确应该停下来,休息休息了。

病莫大于心疾,哀莫大于心死。这是无可奈何的。

一九九一年三月二十五日记

石　榴

我自幼年，就喜爱石榴树。从树干、枝叶到果实，我都觉得很美。我很想在自家的庭院中，种植一棵，也从集市上买过一株幼苗，离家以后死去了。所有关于石榴树的印象，都是在别人家的窗前阶下留下的。

我的家乡，临着滹沱河，每年发大水，一般农家，没有种花果树的习惯。大户人家的高宅大院里，偶尔有之。我印象最深的一棵石榴，是我在一九四七年，跟随冀中土改试点小组，在博野县一家房东院中见到的。

房东是一个中年寡妇，她有两个男孩子，一个女孩子。女孩子是老大；她细高身材，皮肤白细，很聪明，好说笑，左眼角上，有一块麦粒大小的伤痕。整天蹲在机子上织布，给我做过一些针线。

在工作组，我是记者，带有体验生活的性质。又因为没有实际工作经验，领导上并不派我什么具体工作。

土改试点一开始，就从平汉路西面，传来一些极左的做法。在这个村庄，我第一次见到了对地主的打拉。打，是在会场上，用秫秸棍棒，围着地主斗争，也只是很少的几个积极分子。拉，是我一次在村边柳林散步时，偶尔碰到的。

正当夏季，地主穿着棉袄棉裤，躺卧在地下，被一匹大骡子拉着。骡子没有拉过这种东西，它很惊慌，一个青年农民，狠狠地控制着它，农民也很紧张，脸都涨青了。后面跟着几个贫雇农，幸亏没有人敲锣打鼓。

这显然是一种恐怖行动，群众不一定接受得了，但这是发动群众。不知是群众不得不这样做给领导看，还是领导不得不这样去领导。也不知是哪一个别有用心的人，这样来解释"一打一拉"的政策。

我赶紧躲开，回到房东那里，家里人都去会场了，就姑娘一个人在机子上。我坐在台阶上，说：

"小花，有水吗？我喝一口。"

她下来给我点火现烧，说："怎么这样早，你就回来了？"

"那里没有我的事。"

"从来也没见过你讲话，你是吃粮不管事呀！"她说笑着，又蹬起机子来。

我也没有见过姑娘去开会，当然，家里也需要留个人看门。我望着台阶下，正在开花的石榴说：

"谁栽的？"

"我爹。没等到吃个石榴就死了。"

"甜的酸的？"

"甜的，住到中秋，送你一个大石榴。"

住的日子长了，在邻舍家吃派饭，听到过关于姑娘的一些闲言，说她前几年跳过一次井。眉上那伤疤，就是那次落下的,并就在她家门口。关于这种事,我从来不好多问,讲述的人,也就止住不讲了。

试点工作结束后,人们全撤离了。我走了几天,留恋这家人,骑车子又回来了。一进村,大街上空无一人,在路过地主家门时,那位被拉过的老头,正好走出来。他拄着拐杖,头上裹着一块白布。他用仇恨的目光注视着我。

我回到房东家,大娘对我的态度,和几天以前比,是大不一样了。我又到贫农团,主席对我也只是应付。

走在街上,有人在背后说:

"怎么又回来了?"

"准是住在小花家。"

我走回小花家,家里人都去地里干活了,小花正在迎门的板床上歇晌。她穿一身自己织纺的浅色花格裤褂,躺得平平的。胸部鼓动着,嘴唇翕张着,眉上的那块小疤痕,微微地跳动着。她现在美极了,在我眼前,是一幅油画,一座铜雕,一尊玉佛。

我退出来,坐在台阶上,凝视着那棵石榴树。天气炎热,石榴花正在盛开,像天上落下的一片红云。这时,一个穿得很讲究的年轻人,在大门外,玩弄枪支。前一阶段,从来没见过这个人。

不久,大娘回来了,我向她告别。她也没有留我,只是说:

"别人不知怎么说我们呢!"

后来,工作组的人说,他们听说我又回去了,曾捎信叫我赶紧离开。打扫战场,会出危险的。我也想到,那个玩枪的年轻人,很可能和小花跳井有关联,他是想把我吓走。

过了几年,我在附近下乡,又去过一次,没见到小花,早已出嫁了。因为是冬天,也就没有注意那棵石榴树。

我现在想:大娘是个寡妇,孩子们又小。她家是什么成分,说来惭愧,我当时也没问过,可能是中农。我住在她家,她给我做好饭吃,叫小花给我做针线活,她希望的是,虽不一定能沾我什么光,也不要被什么伤。她一家人,当时的表现,是既不靠前,也不靠后,什么事也不多讲,也不想分到什么东西。小花的跳井,可能是她老人家,极端避讳的话题,我的不看头势,冒冒失失,就使她更加不安了。

当我这样想通的时候,大娘肯定早已逝世。当时的年轻人,现时谁在谁不在,也弄不清楚了。

老年人,回顾早年的事,就像清风朗月一切变得明净自然,任何感情的纠缠,也没有,什么迷惘和失望,也消失了。而当花被晨雾笼罩,月在云中穿度之时,它们的吸引力,是那样强烈,使人目不暇接,废寝忘食,甚至奋不顾身。

芸斋主人曰:城市所售石榴树苗,多为酸种。某年深秋,余游故宫,见御河桥上,陈列大石榴树两排。树皮剥裂为白色,叶已飘落尽,碗大石榴,垂摇白玉雕栏之上,红如玛瑙,叹为良种。时故宫博物院长为故人，很想向他要一枚，带回栽种。因念及宫禁，朋友又系洁身自好、一尘不染之君子，乃未启齿，至今以为憾事。

一九八八年七月十七日，大热

二、故事依然在心间

采蒲台的苇

我到了白洋淀,第一个印象,是水养活了苇草,人们依靠苇生活。这里到处是苇,人和苇结合得是那么紧。人好像寄生在苇里的鸟儿,整天不停地在苇里穿来穿去。

我渐渐知道,苇也因为性质的软硬、坚固和脆弱,各有各的用途。其中,大白皮和大头栽因为色白、高大,多用来织小花边的炕席;正草因为有骨性,则多用来铺房、填房碱;白毛子只有漂亮的外形,却只能当柴烧;假皮织篮捉鱼用。

我来得早,淀里的凌还没有完全融化。苇子的根还埋在冰冷的泥里,看不见大苇形成的海。我走在淀边上,想象假如是五月,那会是苇的世界。

在村里是一垛垛打下来的苇,它们柔顺地在妇女们的手里翻动。远处的炮声还不断传来,人民的创伤并没有完全平复。关于苇塘,就不只是一种风景,它充满火药的气息和无数英雄的血液的记忆。如果单纯是苇,如果单纯是好看,那就不成为冀中的名胜。

这里的英雄事迹很多,不能一一记述。每一片苇塘,都有英雄的传说。敌人的炮火,曾经摧残它们,它们无数次被火烧光，人民的血液保持了它们的清白。

最好的苇出在采蒲台。一次，在采蒲台，十几个干部和全村男女被敌人包围。那是冬天，人们被围在冰上，面对着等待收割的大苇塘。

敌人要搜。干部们有的带着枪，认为是最后战斗流血的时候到来了。妇女们却偷偷地把怀里的孩子递过去，告诉他们把枪支插在孩子的裤裆里。搜查的时候，干部又顺手把孩子递给女人……十二个女人不约而同地这样做了。仇恨是一个，爱是一个，智慧是一个。

枪掩护过去了，闯过了一关。这时，一个四十多岁的人，从苇塘打苇回来，被敌人捉住。敌人问他："你是八路？""不是！""你村里有干部？""没有！"敌人砍断他半边脖子，又问："你的八路？"他歪着头，血流在胸膛上，说："不是！""你村的八路大大的！""没有！"

妇女们忍不住，她们一齐沙着嗓子喊："没有！没有！"

敌人杀死他，他倒在冰上。血冻结了，血是坚定的，死是刚强！

"没有！没有！"

这声音将永远响在苇塘附近，永远响在白洋淀人民的耳朵旁边，甚至应该一代代传给我们的子孙。永远记住这两句简短有力的话吧！

一九四七年三月

服装的故事

　　我远不是什么纨袴子弟,但靠着勤劳的母亲纺线织布,粗布棉衣,到时总有的。深感到布匹的艰难,是在抗战时参加革命以后。

　　一九三九年春天,我从冀中平原到阜平一带山区,那里因为不能种植棉花,布匹很缺。过了夏季,渐渐秋凉,我们什么装备也还没有。我从冀中背来一件夹袍,同来的一位同志多才多艺,他从老乡那里借来一把剪刀,把它裁开,缝成两条夹褥,铺在没有席子的土炕上。这使我第一次感到布匹的难得和可贵。

　　那时我在新成立的晋察冀通讯社工作。冬季,我被派往雁北地区采访。雁北地区,就是雁门关以北的地区,是冰天雪地,大雁也不往那儿飞的地方。我穿的是一身粗布棉袄裤,我身材高,脚腕和手腕,都有很大部位暴露在外面。每天清早在大山脚下集合,寒风凛冽。有一天在部队出发时,一同采访的一位同志把他从冀中带来的一件日本军队的黄呢大衣,在风地里脱下来,给我穿在身上。我第一次感到了战斗伙伴的关怀和温暖。

一九四一年冬天,我回到冀中,有同志送给我一件狗皮大衣筒子。军队夜间转移,远近狗叫,就会暴露自己。冀中区的群众,几天之内,就把所有的狗都打死了。我把皮子拿回家去,我的爱人,用她织染的黑粗布,给我做了一件短皮袄。因为狗皮太厚,做起来很吃力,有几次把她的手扎伤。我回路西的时候,就珍重地带它过了铁路。

一九四三年冬季,敌人在晋察冀边区"扫荡"了整整三个月。第二年开春,我刚刚从山西的繁峙一带回到阜平,就奉命整装待发去延安。当时,要领单衣,把棉衣换下。因为我去晚了,所有的男衣,已发完,只剩下带大襟的女衣,没有办法,领下来。这种单衣的颜色,是用土靛染的,非常鲜艳,在山地名叫"月白"。因是女衣,在宿舍换衣服时,我犹豫了,这穿在身上像话吗?

忽然有两个女学生进来——我那时在华北联大高中班教书。她们带着剪刀针线,立即把这件女衣的大襟撕下,缝成一个翻领,然后把对襟部位缝好,变成了一件非常时髦的大翻领钻头衬衫。她们看着我穿在身上,然后拍手笑笑走了,也不知道是赞美她们的手艺,还是嘲笑我的形象。

然后,我们就在枣树林里站队出发。

这一队人马,走在去往革命圣地延安的漫长而崎岖的路上,朝霞晚霞映在我们鲜艳的服装上。如果叫现在城市的人看到，一定要认为是奇装异服了。或者只看我的描写，以为我在有意歪曲、丑化八路军的形象。但那时山地群众并不以为怪，因为他们在村里村外常常看到穿这种便衣的工作人员。

路经盂县，正在那里下乡工作的一位同志，在一个要道口上迎接我，给我送行。初春，山地的清晨，草木之上，还有霜雪。显然他已经在那里等了很久，浓黑的鬓发上，也挂有一些白霜。他在我们行进的队伍旁边，和我握手告别，说了很简短的话。

应该补充，在我携带的行李中间，还有他的一件日本军用皮大衣，是他过去随军工作时，获得的战利品。在当时，这是很难得的东西，大衣做得坚实讲究：皮领，雨布面，上身是丝绵，下身是羊皮，袖子是长毛绒。羊皮之上，还带着敌人的血迹。原来坚壁在房东家里，这次出发前，我考虑到延安天气冷，去找我那件皮衣，找不到，就把他的拿起来。

初夏，我们到绥德，休整了五天。我到山沟里洗了个澡。这是条向阳的山沟，小河的流水很温暖，水冲激着沙石，发出清越的声音。我躺在河中间一块平滑的大石板上，温柔的水，从我的头部胸部腿部流过，细小的沙石常常冲到我的口中。我把女同学们给我做的衬衣，洗好晾在石头上，干了再穿。

我们队长到晋绥军区去联络，回来对我说：吕正操司令员要我到他那里去。一天上午，我就穿着这样一身服装，到了他那庄严的司令部。那件艰难携带了几千里路的大衣，到延安不久，就因为一次山洪暴发，同我所有的衣物，卷到延河里去了。

这次水灾以后，领导上给我发了新的装备，包括一套羊毛棉衣。这种棉衣当然不错，不过有个缺点，穿几天，里面的羊毛就往下坠，上半身成了夹的，下半身则非常臃肿。和我一同到延安去的一位同志，要随王震将军南下，他们发的是絮棉花的棉衣，他告诉我路过桥儿沟的时间，叫我披着我那件羊毛棉衣，在街口等他，当他在那里走过的时候，我们俩"走马换衣"，他把那件难得的真正棉衣换给了我。因为既是南下，越走天气越暖和的。

这年冬季，女同学们又把我的一条棉裤里的棉花取出来，把我的棉裤里的羊毛换进去，于是我又有了一条名副其实的棉裤。她们又给我打了一双羊毛线袜和一条很窄小的围巾，使我温暖愉快地过了这一个冬天。

这时，一位同志新从敌后到了延安，他身上穿的竟是我那件狗皮袄，说是另一位同志先穿了一阵，然后转送给他的。

一九四五年八月，日本投降，我们又从延安出发，我被派作前站，给女同志们赶了很长一段时间的毛驴。那些婴儿们，装在两个荆条筐里，挂在母亲们的两边。小毛驴一走一颠，母亲们的身体一摇一摆，孩子们像燕雏一样，从筐里探出头来，呼喊着，玩闹着，和母亲们爱抚的声音混在一起，震荡着漫长的欢乐的旅途。

　　冬季我们到了张家口，晋察冀的老同志们开会欢迎我们，穿戴都很整齐。一位同志看我还是只有一身粗布棉袄裤，就给我一些钱，叫我到小市去添补一些衣物。后来我回冀中，到了宣化，又从一位同志的床上，扯走一件日本军官的黄呢斗篷，走了整整十四天，到了老家，披着这件奇形怪状的衣服，与久别的家人见了面。这仅仅是记得起来的一些，至于战争年代里房东老大娘、大嫂、姐妹们为我做鞋做袜，缝缝补补，那就更是一时说不完了。

　　我们在和日本帝国主义、蒋帮作战的时候，穿的就是这样。但比起上一代的老红军战士，我们的物质条件就算好得多了。

　　穿着这些单薄的衣服，我们奋勇向前。现在，那些刺骨的寒风，不再吹在我的身上，但仍然吹过我的心头。其中有雁门关外挟着冰雪的风，在冀中平原卷着黄沙的风，有延河两岸虽是严冬也有些温暖的风。我们穿着这些单薄的衣服，在冰冻石滑的山路上攀登，在深雪中滚爬，在激流中强渡。有时夜雾四塞，晨霜压身，但我们方向明确，太阳一出，歌声又起。

　　　　　　　　　　一九七七年十一月二十六日改完

平原的觉醒

一九三七年冬季,冀中平原是动荡不安的。秋季,滹沱河发了一场洪水,接着,就传来日本人已攻到保定的消息。每天,有很多逃难的人,扶老携幼,从北面涉水而来,和站在堤上的人们,简单交谈几句,就又慌慌张张往南走了。

"就要亡国了吗?"农民们站在堤上,望着茫茫大水,唉声叹气地说。

国民党的军队放下河南岸的防御工事,往南逃,县政府也雇了许多辆大车往南逃。有一天,郎仁渡口,有一个国民党官员过河,在船上打着一柄洋伞,敌机当成军事目标,滥加轰炸扫射。敌机走后,人们拾到很多像蔓菁粗的子弹头和更粗一些的空弹壳。日本人真的把战争强加在我们的头上来了。

我原来在外地的小学校教书,"七七"事变,我就没有去。这一年的冬季,我穿着灰色棉袍,经常往返于我的村庄和安平县城之间。由吕正操同志领导的人民自卫军司令部,就驻在县城里,我有几个过去的同事,在政治部工作。抗日人人有份,当时我虽然还没有穿上军衣,他们也分配我一些抗日宣传方面的工作。

一九三八年的春天，我算正式参加了抗日工作。那时冀中区成立一个统一战线的组织，叫人民武装自卫会。吕正操同志主持了成立大会，由史立德任主任，我当了宣传部长。会后，我和几个同志到北线蠡县、高阳、河间去组织分会，和新被提拔的在那些县里担任县政指导员的同志们打交道。这个会，我记得不久就为抗联所代替，七八月间，我就到设在深县的抗战学院去教书了。

这个学院由杨秀峰同志当院长，分民运、军事两院，共办了两期。第一期，我在民运院教抗战文艺。第二期，在军事院教中国近代革命史。

民运院差不多网罗了冀中平原上大大小小的知识分子，从高小生到大学教授。它设在深县中学里，以军事训练为主，教员都称为"教官"。在操场，搭了一个大席棚，可容五百人。横排一条条杉木，就是学生的座位。中间竖立一面小黑板，我就站在那里讲课。这样大的场面，我要大声喊叫，而一堂课是三个小时。

我没有讲义，每次上课前，写一个简单的提纲。每周讲两次。三个月的时间，我主要讲了：抗战文艺的理论与实际，文学概论和文艺思潮；革命文艺作品介绍，着重讲了现实主义的创作方法。

不管我怎样想把文艺和抗战联系起来，这些文艺理论上的东西,无论如何,还是和操场上的实弹射击,冲锋刺杀,投手榴弹,很不相称。

和我同住一屋的王晓楼,讲授哲学,他也感到这个问题。我们共同教了三个月的书以后,学员们给他的代号是"矛盾",而赋予我的是"典型",因为我们口头上经常挂着这两个名词。

杨院长叫我给学院写一个校歌歌词,我应命了,由一位音乐教官谱曲。现在是连歌词也忘记了,经过时间的考验,词和曲都没有生命力。

去文习武,成绩也不佳。深县驻军首长,赠给王晓楼一匹又矮又小的青马,他没有马夫,每天自己喂饮它。

有一天,他约我去秋郊试马。在学院附近的庄稼大道上,他先跑了一趟。然后,他牵马坠镫,叫我上去。马固然跑得不是样子,我这个骑士,也实在不行,总是坐不稳,惹得围观的男女学生拍手大笑,高呼"典型"。

在八年抗日战争和以后的解放战争期间,因为职务和级别,我始终也没有机会得到一匹马。我也不羡慕骑马的人,在不能称为千山万水,也有千水百山的征途上,我练出了两条腿走路的功夫,多么黑的天,多么崎岖的路,我也很少跌跤。

晓楼已经作古,我是很怀念他的,他是深泽人。阴历腊月,敌人从四面蚕食冀中,不久就占领了深县城。学院分散,我带领了一个剧团,到乡下演出,就叫流动剧团。我们现编现演,常常挂上幕布,就发现敌情,把幕拆下,又到别村去演。演员穿着服装,带着化装转移,是常有的事。这个剧团,活动时间虽不长,但它的基本演员,建国后,很多人成为名演员。

一九三九年春天,我就调到阜平山地去了。这个学院的学员,从那时起,转战南北,在部队,在地方,都建树了不朽的功勋。

一九三七年冬季,冀中平原是大风起兮,人民是揭竿而起。农民的爱国家、爱民族的观念,是非常强烈的。在敌人铁蹄压境的时候,他们迫切要求执干戈以卫社稷。他们苦于没有领导,他们终于找到共产党的领导。

一九七八年十月六日

(有删节)

报纸的故事

一九三五年的春季，我失业家居。在外面读书看报惯了，忽然想订一份报纸看看。这在当时确实近于一种幻想，因为我的村庄，非常小又非常偏僻，文化教育也很落后。例如村里虽然有一所小学校，历来就没有想到订一份报纸。村公所就更谈不上了。而且，我想要订的还不是一种小报，是想要订一份大报，当时有名的《大公报》。这种报纸，我们的县城，是否有人订阅，我不敢断言，但我敢说，我们这个区，即子文镇上是没人订阅过的。

我在北京住过，在保定学习过，都是看的《大公报》。现在我失业了，住在一个小村庄，我还想看这份报纸。我认为这是一份严肃的报纸，是一些有学问的，有事业心的，有责任感的人，编辑的报纸。至于当时也是北方出版的报纸，例如《益世报》、《庸报》，都是不学无术的失意政客们办的，我是不屑一顾的。

我认为《大公报》上的文章好。它的社论是有名的，我在中学时，老师经常选来给我们当课文讲。通讯也好，有长江等人写的地方通讯,还有赵望云的风俗画。最吸引我的还是它的副刊,它有一个文艺副刊,是沈从文编辑的,经常登载青年作家的小说和散文。还有小公园,还有艺术副刊。

说实在的,我是想在失业之时,给《大公报》投投稿,而投了稿子去,又看不到报纸,这是使人苦恼的。因此,我异想天开地想订一份《大公报》。

我首先,把这个意图和我结婚不久的妻子说了说。以下是我们的对话实录:

"我想订份报纸。"

"订那个干什么?"

"我在家里闲着很闷,想看看报。"

"你去订吧。"

"我没有钱。"

"要多少钱?"

"订一月,要三块钱。"

"啊!"

"你能不能借给我三块钱?"

"你花钱应该向咱爹去要,我哪里来的钱?"

谈话就这样中断了。这很难说是愉快,还是不愉快,但是我不能再往下说了。因为我的自尊心,确实受了一点损伤。是啊,我失业在家里呆着,这证明书就是已经白念了。白念了,就安心在家里种地过日子吧,还要订报。特别是最后这一句:"我哪里来的钱?"这对于作为男子汉大丈夫的我,确实是千钧之重的责难之词!

其实,我知道她还是有些钱的,作个最保守的估计,她可能有十五元钱。当然她这十五元钱,也是来之不易的。是在我们结婚的大喜之日,她的"拜钱"。每个长辈,赏给她一元钱,或者几毛钱,她都要拜三拜,叩三叩。你计算一下,十五元钱,她一共要起来跪下,跪下起来多少次啊。

她把这些钱,包在一个红布小包里,放在立柜顶上的陪嫁大箱里,箱子落了锁。每年春节闲暇的时候,她就取出来,在手里数一数,然后再包好放进去。

在妻子面前碰了钉子,我只好硬着头皮去向父亲要,父亲沉吟了一下说:

"订一份《小实报》不行吗?"

我对书籍、报章,欣赏的起点很高,向来是取法乎上的。《小实报》是北平出版的一种低级市民小报,属于我不屑一顾之类。我没有说话,就退出来了。

父亲还是爱子心切,晚上看见我,就说:

"愿意订就订一个月看看吧,集晌多籴一斗麦子也就是了。长了可订不起。"

在镇上集日那天,父亲给了我三块钱,我转手交给邮政代办所,汇到天津去。同时还寄去两篇稿子。我原以为报纸也像取信一样,要走三里路来自取的,过了不久,居然有一个专人,骑着自行车来给我送报了,这三块钱花得真是气派。他每隔三天,就骑着车子,从县城来到这个小村,然后又通过弯弯曲曲的,两旁都是黄土围墙的小胡同,送到我家那个堆满柴草农具的小院,把报纸交到我的手里。上下打量我两眼,就转身骑上车走了。

我坐在柴草上,读着报纸。先读社论,然后是通讯、地方版、国际版、副刊,甚至广告、行情,都一字不漏地读过以后,才珍重地把报纸叠好,放到屋里去。

我的妻子,好像是因为没有借给我钱,有些过意不去,对于报纸一事,从来也不闻不问。只有一次,带着略有嘲弄的神情,问道:

"有了吗?"

"有了什么?"

"你写的那个。"

"还没有。"我说。其实我知道,她从心里是断定不会有的。

直到一个月的报纸看完,我的稿子也没有登出来,证实了她的想法。

这一年夏天雨水大,我们住的屋子,结婚时裱糊过的顶棚、壁纸,都脱落了。别人家,都是到集上去买旧报纸,重新糊一下。那时日本侵略中国,无微不至,他们的旧报,如《朝日新闻》、《读卖新闻》,都倾销到这偏僻的乡村来了。妻子和我商议，我们是不是也把屋子糊一下，就用我那些报纸，她说：

"你已经看过好多遍了，老看还有什么意思？这样我们就可以省下块数来钱，你订报的钱，也算没有白花。"

我听她讲的很有道理，我们就开始裱糊房屋了，因为这是我们的幸福的窝巢呀。妻刷糨糊我糊墙。我把报纸按日期排列起来，把有社论和副刊的一面，糊在外面，把广告部分糊在顶棚上。

这样，在天气晴朗，或是下雨刮风不能出门的日子里，我就可以脱去鞋子，上到炕上，或仰或卧，或立或坐，重新阅读我所喜爱的文章了。

一九八二年二月九日

牲口的故事

在我童年的记忆里，我们这个小小的村庄，饲养大牲口，即骡马的人家很少。除去西头有一家地主，其实也是所谓经营地主，喂着一骡一马外，就只有北头的一家油坊，喂着四五头大牲口，挂着两辆长套大车，作运输油和原料的工具。他家的大车，总是在人们还没有起床的时候，就从村里摇旗呐喊地出发了，而直到天黑以后，才从远远的地方赶回来，人喊马嘶的声音，送到每家每户正在灯下吃晚饭的人们耳中，人们心里都要说一句：

"油坊的车回来了！"

当我在村中念小学的时候，有几年的时间，我们家也挂了一辆大车，买了一骡一马，农闲时，由叔父赶着去作运输。这时我们家已经上升为中农。但不久父亲就叫把骡马卖了，因为兵荒马乱，这种牲口是最容易惹事的。从此，我们家总是养一头大黄牛，有时再喂一匹驴，这是为的接送在外面做生意的父亲。

我小的时候，父亲或叔父，常常把我放在驴背的前面，一同乘骑。我记得有一匹大叫驴，夏天舅父牵着它过滹沱河，被船夫们哄骗，叫驴凫水，结果淹死了，一家人很难过了些日子。

后来，接送我父亲，就常常借用街上当牲口经纪的四海的小毛驴。他这头小毛驴，比大山羊高不了多少，但装饰得很漂亮，一串挂红缨的铜铃，鞍鞯齐备。那时，当牲口经纪的都养一匹这样的小毛驴。每逢集日，清早骑着上市，事情完后，酒足饭饱，已是黄昏，一个个偏骑在小驴背上，扬鞭赶路，那种目空一切的神气，就是凯旋的将军，也难以比得的。

后来我到了山地，才知道，这种小毛驴，虽然谈不上名贵，用途却是很多的。它们能驮山果、木材、柴草，能往山上送粪，能往山下运粮，能走亲访友，能迎婚送嫁。它们负着比自己身体还重的货载，在上山时，步步留神，在下山时，兢兢业业，不声不响，直到完成任务为止。

抗日战争时期，在军旅运输上，小毛驴也帮了我们不少忙。那时的交通站上，除去小孩子，就是小毛驴用处最大，也最活跃。战争后期，我们从延安出发华北，我当了很长时间的毛驴队长。骑毛驴的都是身体不好的女同志。一天夜晚，偷越同蒲路，因为一位女同志下驴到高粱地去小便，以致与前队失了联络，铁路没有过成，又退回来。第二天夜里再过，我宣布：凡是女同志小便，不准远离队列，即在驴边解手。解毕，由牵驴人立即抱之上驴，在驴背上再系腰带。由于我这一发明,此夜得以胜利通过敌人的封锁线,直到现在,想起来,还觉得有些得意。

平分土地的同时,地主家的骡马,富农家的大黄牛,被贫农团牵走,贫农一家喂不起,几家合喂,没人负责,牲口糟踏了不少。成立了互助组,小驴小牛时兴一阵。成立了合作社,骡马又有了用武之地。以后农村虽然有了铁牛,牲畜的用途还是很多,但喂养都不够细心,使用也不够爱惜。牲口饿跑了,被盗了的情况,时常发生。有一年我回到故乡,正值春耕之时,平原景色如故,遍地牛马,忽然见到一匹骆驼耕地。骆驼这东西,在我们这一带原很少见,是庙会上,手摇串铃的蒙古大夫牵着的玩意。以它形状新奇,很能招揽观众。现在突然出现在平原上,高峰长颈,昂视阔步,像一座游动的小山,显得很不协调。我问乡亲们是怎么回事,有人告诉我:不知从哪里跑来这一匹饿坏了的骆驼,一直跑到大队的牲口棚,伸脖子就吃草,把棚子里的一匹大骡子吓惊了断缰窜出,直到现在还没找回来。一匹骡子换了一匹骆驼,真不上算。大队试试它能拉犁不,还行!

很有些年,小毛驴的命运,甚是不佳。据说,有人从山西来,骑着一匹小毛驴,到了平原,把缰绳一丢,就不再要它,随它去了。其不值钱,可想而知。

但从农村实行责任制以后,小毛驴的身价顿增,何止百倍?牛的命运也很好了。

呜呼，万物兴衰相承，显晦有时，乃不易之理，而其命运，又无不与政治、政策相关也。

一九八三年一月二十二日

住房的故事

春节前,大院里很多住户,忙着迁往新居。大人孩子笑逐颜开的高兴劲儿,和那锅碗盆勺,煤球白菜,搬运不完的忙乱劲儿,引得我的心也很不平静了。

人之一生,除去吃饭,恐怕就是住房最为重要了。在旧日农村,当父母的,勤劳一生,如果不能为子孙盖下几间住房,那是会死不瞑目的。

我幼年时,父亲和叔父分家,我家分了一块空场院,借住叔父家的三间破旧北房。在我结婚的那年,我的妻子要送半套嫁妆,来丈量房间的尺寸,有人就建议把隔山墙往外移一移,这样尺寸就会大一些,准备以后盖了新房,嫁妆放着就合适了。

墙山往外一移,房的大梁就悬空了,而大梁因为年代久远,已经朽败。这一年夏季,下了几场大雨。有一天中午,我在炕上睡觉,我的妻子也哄着我们新生的孩子睡着了。忽然大梁咯吱咯吱响起来,妻子抱起孩子就往外跑,跑到院里才喊叫我,差一点没有把我砸在屋里。

事后我问她：

"为什么不先叫我？"

她笑着说：

"我那时心里只有孩子。"

我们结婚不久，不能怀疑她对我的恩爱。但从此我悟出一个道理，对于女人来说，母子之爱像是超过夫妻之爱的。

从这以后，我们家每年就用秋收的秫秸和豆秸，从砖窑上换回几车砖来，垒在空院里存放着。今年添一根梁，明年买两条檩。这样一砖一瓦，一檩一椽地积累起来。然后填房基，预备粮食，动工盖房。

在农村，盖房是最操心的事，我见过不只一家，老人操劳着把房盖好，他也就不行了，很快死去。

但是，老人们仍然在竭尽心力为儿子盖房。今年先盖一座正房，再积攒二年，盖一座厢房。住房盖齐了，又筹划外院，盖一间牲口屋，一间草屋，一间碾棚，一间磨棚。然后圈起围墙，安上大梢门。作为一家富农的规模，这就算齐备了。很觉对得起儿子了。然而抗日战争开始了，我没有住进新房，就离家参军去了。

从此，我开始了四海为家的生活。我穿百巷住千家，每夜睡在别人家的炕上。当然也有无数陌生的战士，睡在我们家的炕上。我住过各式各样的房屋，交过各式各样的房东朋友。

一次战斗中，夜晚在荒村宿营。村里人都跑光了，也不敢打火点灯，我们摸进一间破房，同伴们挤在土炕上，我一摸墙边有一块平板，像搭好的一块门板似的，满以为不错，遂据为己有，倒身睡下。天亮起来，看出是停放的一具棺木，才为之一惊。直到现在，我也不知道其中是男是女，是老是少，我同一个死人，睡了一夜上下铺，感谢他没有任何抗议和不满。

抗战胜利后，我回到了家乡，不久父亲去世。根据地实行平分土地，我家只留了三间正房，其余全分给贫农，拆走了。随后，我的全家又迁来城市，那三间北房，生产队用来堆放一些杂物。年久失修，雨水冲刷，风沙淤填，原来是村里最高最新的房，现在变成最低最破旧的房了。

我也年老了，虽有思乡之念，恐怕不能回老家故屋去居住了。

回忆此生，在亲友家借住，有寄人篱下之感；住旅店公寓，为房租奔波；学校读书，黄卷青灯；寺院投宿，晨钟暮鼓。到了十年动乱期间，还被放逐荒陬，关进牛棚。

古之诗人，无一枝之栖，倡言广厦千万；浪迹江湖，以天地为逆旅。此皆放诞狂言，无补实际。人事无常，居无定所。为自身谋或为子孙谋，不及随遇而安为旷达也。

一九八三年二月五日

猫鼠的故事

目前，我屋里的耗子多极了。白天，我在桌前坐着看书或写字，它们就在桌下来回游动，好像并不怕人。有时，看样子我一跺脚就可以把它踩死，它却飞快跑走了。夜晚，我躺在床上，偶一开灯，就看见三五成群的耗子，在地板、墙根串游，有的甚至钻到我的火炉下面去取暖，我也无可奈何。

有朋友劝我养一只猫。我说，不顶事。

这个都市的猫是不拿耗子的。这里的人们养猫，是为了玩，并不是为了叫它捉耗子，所以耗子方得如此猖獗。这里养猫，就像养花种草、玩字画古董一样，把猫的本能给玩得无影无踪了。

我有一位邻居，也是老干部，他养着一只黄猫，据说品种花色都很讲究。每日三餐，非鱼即肉，有时还喂牛奶。三日一梳毛，五日一沐浴。每天抱在怀里抚摩着，亲吻着。夜晚，猫的窝里，有铺的，有盖的，都是特制的小被褥。

这样养了十几年，猫也老了，偶尔下地走走，有些蹒跚迟顿。它从来不知耗子为何物，更不用说有捕捉之志了。

我还是选用了我们原始祖先发明的捕鼠工具：夹子。支得得法，每天可以打住一只或两只。

我把死鼠埋到花盆里去。朋友问我为什么不送给院里养猫的人家。我说：这里的猫，不只不捉耗子，而且不吃耗子。

这是不久以前的经验教训。我打住了一只耗子，好心好意送给邻居，说：

"叫你家的猫吃了吧。"

主人冷冷地说：

"那上面有跳蚤，我们的猫怕传染。如果是吃了耗子药，那就更麻烦。"

我只好提了回来，埋在地里。

又过了不久，终于出现了以下如果不是我亲眼所见，一定有人会认为是造谣的场面。

有一家，在阳台上盛杂物的筐里，发见了一窝耗子，一群孩子呼叫着："快去抱一只猫来，快去抱一只猫来！"

正赶上老干部抱着猫在阳台上散步，他忽然动了试一试的兴致，自告奋勇，把猫抱到了筐前，孩子们一齐呐喊：

"猫来了，猫来捉耗子了！"

老人把猫往筐里一放，猫跳出来。再放再跳，三放三跳，终于逃回家去了。

孩子们大失所望，一齐喊："废物猫，猫废物！"

老人的脸红了。他跑到家里，又把猫抱回来，硬把它按进筐里，不松手。谁知道，猫没有去咬耗子，耗子却不客气，把老干部的手指咬伤，鲜血淋淋，只好先到卫生所，去进行包扎。

群儿大笑不止。其实这无足奇怪，因为这只老猫，从来不认识耗子，它见了耗子实在有些害怕。

十年动乱期间，我曾回到老家，住在侄子家里。那一年收成不好，耗子却很多，侄子从别人家要来一只尚未断奶的小猫，又舍不得喂它，小猫枯瘦如柴，走路都不稳当。有一天，我看见它从立柜下面，连续拖出两只比它的身体还长一段的大耗子，找了个背静地方全吃了。这就叫充分发挥了猫的本能。

其实，这个大都市，猫是很多的。我住的是个大杂院，每天夜里，猫叫为灾。乡下的猫，是二八月到房顶上交尾，这里的猫，不分季节，冬夏常青。也不分场合，每天夜里，房上房下，窗前门后，互相追逐，互相呼叫，那声音悲惨凄厉，难听极了：有时像狼，有时像枭，有时像泼妇刁婆，有时像流氓混混儿。直至天明，还不停息。早起散步，还看见一院子是猫，发情求配不已。

这样多的猫在院里，那样多的耗子在屋里，这也算是一种矛盾现象吧？

城狐社鼠，自古并称。其实，狐之为害，远不及鼠。鼠形体小，而繁殖众，又密迩人事，投之则忌器，药之恐误伤，遂使此蕞尔细物，子孙繁衍，为害无止境。幼年在农村，闻父老言，捕田鼠缝闭其肛门,纵入家鼠洞内,可尽除家鼠。但做此种手术,易被咬伤手指,终于未曾实验。

一九八三年四月五日

夜晚的故事

我幼年就知道,社会上除去士农工商、帝王将相以外,还有所谓盗贼。盗贼中的轻微者,谓之小偷。

我们的村庄很小,只有百来户人家。当然也有穷有富,每年冬季,村里总是雇一名打更的,由富户出一些粮食作为报酬。我记得根雨叔和西头红脸小记,专门承担这种任务。每逢夜深,更夫左手拿一个长柄的大木梆子,右手拿一根木棒,梆梆地敲着,在大街巡逻。平静的时候,他们的梆点,只是一下一下,像钟摆似的;如果他们发现什么可疑的情况,梆点就变得急促繁乱起来。

母亲一听到这种杂乱的梆点,就机警地坐起来,披上衣服,静静地听着。其实并没有发生什么事情,过了一会儿,梆点又规律了,母亲就又吹灯睡下了。

根雨叔打更,对我家尤其有个关照。我家住在很深的一条小胡同底上,他每次转到这一带,总是一直打到我家门前,如果有什么紧急情况,他还会用力敲打几下,叫母亲经心。

我在村里生活了那么多年,并没有发生过什么盗案,偷鸡摸狗的小事,地边道沿丢些庄稼,当然免不了。大的抢劫案件,整个县里我也只是听说发生过一次。县政府每年处决犯人,也只是很少的几个人。

这并不是说,那个时候,就是什么太平盛世。我只是觉得那时农村的民风淳朴,多数人有恒产恒心,男女老幼都知道人生的本分,知道犯法的可耻。

后来我读了一些小说,听了一些评书,看了一些戏,又知道盗贼之中也有所谓英雄,也重什么义气,有人并因此当了将帅,当了帝王。觉得其中也有很多可以同情的地方,有很多耸人听闻的罗曼史。

我一直是个穷书生,对财物看得也很重,一生之中,并没有失过几次盗。青年时在北平流浪,失业无聊,有一天在天桥游逛,停在一处放西洋景的摊子前面。那是夏天,我穿一件白褂,兜里有一个钱包。我正仰头看着,觉得有人触动了我一下,我一转脸,看见一个青年,正用手指轻轻夹我的钱包,知道我发见,他就若无其事地转身走了。当时感情旺盛,我还很为这个青年,为社会,为自身,感慨了一阵子。

直到现在,我对这个人印象很清楚,他高个儿,穿着破旧,满脸烟气,大概是个白面客。

另一次是在本县羽林村看大戏,也是夏天,皮包里有一块现洋叫人扒去了,没有发觉。

在解放区十几年,那里是没有盗贼的。初进城的儿年,这个大城市，也可以说是路不拾遗的。

问题就出在"文化大革命"上。在动乱中，造反和偷盗分不清，革命和抢劫分不清。那些大的事件，姑且不论。单说我住的这个院子，原是吴鼎昌姨太太的别墅，日本人住过，国民党也住过，都没有多少破坏。房子很阔气，正门的门限上，镶着很厚很大的一块黄铜，足有二十斤重。动乱期间，附近南市的顽童进院造反，其著名的领袖，一个叫作三猪，一个叫作癞蛤蟆，癞蛤蟆喜欢铁器，三猪喜欢铜器。他把所有的铜门把，铜饰件，都拿走了，就是起不下这块铜门限来。他非常喜爱这块铜，因此他也就离不开这个院，这个院成了他的革命总部和根据地。他每天从早到晚坐在铜门限上，指挥他的群众。住户不能出门，只好请军管人员把他抱出去。三猪并不示弱，他听说解放军奉令骂不还口，打不还手，他就亲爹亲娘骂了起来。谁知这位农民出身的青年战士，受不了这种当众辱骂，不管什么最高指示，把三猪的头按在铜门限上，狠狠碰了几下，拖了出去。

城市里有些居民，也感染了三猪一类的习气，采取的手段比较和平，多是化公为私。比如说院墙，夜晚推倒一段，白天把砖抱回家来，盖一间小屋。院里的走廊，先把它弄得动摇了，然后就拆下木料，去做一件自用家具。这当然是物质不灭。不过一旦成为私有的东西，就倍加爱惜，也就成为神圣之物，不可侵犯了。

后来我到了干校。先是种地，公家买了很多农具，锄头，铁锹，小推车，都是崭新的。后来又盖房，砖瓦，洋灰，木料，也是充足的。但过了不久，就被附近农村的人拿走了大半。农民有一条谚语，道："五七干校是个宝，我们缺什么就到里边找。"

这当然也可解释为：取之于民，用之于民。

现在，我们的院子，经过天灾人祸，已经是满目疮痍，不堪回首。大门又不严紧。人们还是争着在院里开一片荒地，种植葡萄或瓜果。秋季，当葡萄熟了，每天都有成群结伙的青少年在院里串游，垂涎架下，久久不肯离去。夜晚则借口捉蟋蟀，闯入院内，刀剪齐下，几分钟可以把一架葡萄弄得干干净净；手脚利索，架下连个落叶都没有。有一户种了一棵吊瓜，瓜色艳红，是我院秋色之冠，也被摘去了，为了携带方便，还顺手牵羊，拿走了另一户的一只新篮子。

我年老体弱，无力经营葡萄，也生不了这个气，就在自己窗下的尺寸之地，栽了一架瓜蒌。这是苦东西，没有病的人，是不吃的。另外养了几盆花，放置在窗台上，却接二连三被偷走了。

每天晚上，关灯睡下，半夜醒来，想到有一两名小偷就在窗前窥伺，虽然我是见过世面的人，也真的感到有些不安全了。

谚云：饥寒起盗心。国家施政，虽游民亦可得温饱，今之盗窃,实与饥寒无关也。或谓:偷花者出于爱美,尤为大谬不然矣!

一九八三年四月二十日改讫

吃饭的故事

我幼小时,因为母亲没有奶水,家境又不富裕,体质就很不好。但从上了小学,一直到参加革命工作,一日三餐,还是能够维持的,并没有真正挨过饿。当然,常年吃的也不过是高粱小米,遇到荒年,也吃过野菜蝗虫,饽饽里也掺些谷糠。

一九三八年,参加抗日,在冀中吃得还是好的。离家近,花钱也方便,还经常吃吃小馆。后来到了阜平,就开始一天三钱油三钱盐的生活,吃不饱的时候就多了。吃不饱,就到野外去转游,但转游还是当不了饭吃。

菜汤里的萝卜条,一根赶着一根跑,像游鱼似的。有时是杨叶汤,一片追着一片,像飞蝶似的。又不断行军打仗,就是这样的饭食,也常常难以为继。

一九四四年到了延安,丰衣足食;不久我又当了教员,吃上小灶。

日本投降以后,我从张家口一个人徒步回家,每天行程百里,一路上吃的是派饭。有时夜晚赶到一处,桌上放着两个糠饼子,一碟干辣子,干渴得很,实在难以下咽,只好忍饥睡下,明天再碰运气。

到家以后,经过八年战争,随后是土地改革,家中又无劳动力,生活已经非常困难。我的妻子,就是想给我做些好吃的,也力不从心了。

此后几年,我过的是到处吃派饭的生活。土改平分,我跟着工作组住在村里,吃派饭。工作组走了,我想写点东西,留在村里,还是吃派饭。对给我饭吃,给我房住的农民,特别有感情,总是恋恋不舍,不愿离开。在博野的大西章村,饶阳的大张岗村,都是如此。在土改正在进行时,农民对工作组是很热情的;经过急风暴雨,工作组一撤,农民或者因为分到的东西少,或者因为怕翻天,心情就很复杂了。我不离开,房东的态度,已经有很大的不同,首先表现在饭食上。后来有人警告我:继续留在村里,还有危险。我当时确实没有想到。

有时为了减轻家庭负担,我还带上大女儿,到一个农村去住几天,叫她跟着孩子们到地里去拣花生,或是跟着房东大娘纺线。我则体验生活,写点小说。

这种生活,实际上也是饥一顿,饱一顿,持续了有二三年的时间。

进城以后,算是结束了这种吃饭方式。

一九五三年,我又到安国县下乡半年。吃派饭有些不习惯,我就自己做饭,每天买点馒头,煮点挂面,炒个鸡蛋。按说这是好饭食,但有时我嫌麻烦,就三顿改为两顿,有时还是饿着肚子，到沙岗上去散步。

我还进城买些点心、冰糖，放在房东家的橱柜里。房东家有两房儿媳妇，都在如花之年，每逢我从外面回来，就一齐笑脸相迎说：

"老孙，我们又偷吃你的冰糖了。"

这样，吃到我肚子里去的，就很有限了。虽然如此，我还是很高兴的。能得到她们的欢心，我就忘记饥饿了。

一九八三年九月一日晨，大雨不能外出

鞋的故事

　　我幼小时穿的鞋,是母亲做。上小学时,是叔母做,叔母的针线活好,做的鞋我爱穿,结婚以后,当然是爱人做,她的针线也是很好的。自从我到大城市读书,觉得"家做鞋"土气,就开始买鞋穿了。时间也不长,从抗日战争起,我就又穿农村妇女们做的"军鞋"了。

　　现在老了,买的鞋总觉得穿着别扭。想弄一双家做鞋,住在这个大城市,离老家又远,没有办法。

　　在我这里帮忙做饭的柳嫂,是会做针线的,但她里里外外很忙,不好求她。有一年,她的小妹妹从老家来了。听说是要结婚,到这里置办陪送。连买带做,在姐姐家很住了一程子。有时闲下来,柳嫂和我说了不少这个小妹妹的故事。她家很穷苦。她这个妹妹叫小书绫,因为她最小。在家时,姐姐带小妹妹去浇地,一浇浇到天黑。地里有一座坟,坟头上有很大的狐狸洞,棺木的一端露在外面,白天看着都害怕。天一黑,小书绫就紧抓着姐姐的后衣襟,姐姐走一步,她就跟一步,闹着回家。弄得姐姐没法干活儿。

现在大了,小书绫却很有心计。婆家是自己找的,定婚以前,她还亲自到婆家私访一次。定婚以后,她除拼命织席以外,还到山沟里去教人家织席。吃带砂子的饭,一个月也不过挣二十元。

我听了以后,很受感动。我有大半辈子在农村度过,对农村女孩子的勤快劳动,质朴聪明,有很深的印象,对她们有一种特殊的感情。可惜进城以后,失去了和她们接触的机会。城市姑娘,虽然漂亮,我对她们终是格格不入。

柳嫂在我这里帮忙,时间很长了。用人就要做人情。我说:"你妹妹结婚,我想送她一些礼物。请你把这点钱带给她,看她还缺什么,叫她自己去买吧!"

柳嫂客气了几句,接受了我的馈赠。过了一个月,妹妹的嫁妆操办好了,在回去的前一天,柳嫂把她带了来。

这女孩子身材长得很匀称,像农村的多数女孩子一样,她的额头上,过早地有了几条不太明显的皱纹。她脸面清秀,嘴唇稍厚一些,嘴角上总是带有一点微笑。她看人时,好斜视,却使人感到有一种深情。

我对她表示欢迎,并叫柳嫂去买一些菜,招待她吃饭,柳嫂又客气了几句,把稀饭煮上以后,还是提起篮子出去了。

小书绫坐在炉子旁边,平日她姐姐坐的那个位置上,看着煮稀饭的锅。我坐在旁边的椅子上。

"你给了我那么多钱。"她安定下来以后,慢慢地说,"我又帮不了你什么忙。"

"怎么帮不了?"我笑着说,"以后我走到那里,你能不给我做顿饭吃?"

"我给你做什么吃呀?"女孩子斜视了我一眼。

"你可以给我做一碗面条。"我说。

我看出,女孩子已经把她的一部分嫁妆穿在身上。她低头撩了撩衣襟说:

"我把你给的钱,买了一件这样的衣服。我也不会说,我怎么谢承你呢?"

我没有看准她究竟买了一件什么衣服,因为那是一件内衣。我忽然想起鞋的事,就半开玩笑地说:"你能不能给我做一双便鞋呢?"

这时她姐姐买菜回来了。她没有说行,也没有说不行,只是很注意地看了看我伸出的脚。

我又把求她做鞋的话,对她姐姐说了一遍。柳嫂也半开玩笑地说:

"我说哩,你的钱可不能白花呀!"

告别的时候,她的姐姐帮她穿好大衣,箍好围巾,理好鬓发。在灯光之下,这女孩子显得非常漂亮,完全像一个新娘,给我留下了容光照人,不可逼视的印象。

这时女孩子突然问她姐姐:"我能向他要一张照片吗?"我高兴地找了一张放大的近照送给她。

过春节时,柳嫂回了一趟老家,带回来妹妹给我做的鞋。

她一边打开包,一边说:

"活儿做得精致极了,下了功夫哩。你快穿穿试试。"

我喜出望外,可惜鞋做得太小了。我懊悔地说:

"我短了一句话,告诉她往大里做就好了。我当时有一搭没一搭,没想她真给做了。"

"我拿到街上,叫人家给拍打拍打,也许可以穿。"柳嫂说。

拍打以后,勉强能穿了。谁知穿了不到两天,一个大脚趾就瘀了血。我还不死心,又当拖鞋穿了一夏天。

我很珍重这双鞋。我知道,自古以来,女孩子做一双鞋送人,是很重的情意。

我还是没有合适的鞋穿。这二年柳嫂不断听到小书绫的消息:她结了婚,生了一个孩子,还是拼命织席,准备盖新房。柳嫂说:

"要不,就再叫小书绫给你做一双,这次告诉她做大些就是了。"

我说:"人家有孩子,很忙,不要再去麻烦了。"

柳嫂为人慷慨,好大喜功,终于买了鞋面,写了信,寄去了。

现在又到了冬天,我的屋里又升起了炉子。柳嫂的母亲从老家来,带来了小书绫给我做的第二双鞋,穿着很松快,我很满意。柳嫂有些不满地说:"这活儿做得太粗了,远不如上一次。"我想：小书绫上次给我做鞋，是感激之情。这次是情面之情。做了来就很不容易了。我默默地把鞋收好，放到柜子里，和第一双放在一起。

柳嫂又说："小书绫过日子心胜，她男人整天出去贩卖东西。听我母亲说，这双鞋还是她站在院子里，一边看着孩子，一针一线给你做成的哩。眼前，就是农村，也没有人再穿家做鞋了，材料、针线都不好找了。"

她说的都是真情。我们这一代人死了以后，这种鞋就不存在了，长期走过的那条饥饿贫穷、艰难险阻、山穷水尽的道路，也就消失了。农民的生活变得富裕起来，小书绫未来的日子，一定是甜蜜美满的。

那里的大自然风光，女孩子们的纯朴美丽的素质，也许是永存的吧。

一九八四年十二月十六日

钢笔的故事

我在小学时,写字都是用毛笔。上初中时,开始用蘸水钢笔尖。到高中时,阔气一点的同学,已经有不少人用自来水笔,是从美国进口的一种黑杆自来水笔,买一支要五元大洋。我的家境不行,但年轻时,也好赶时髦。我有一个同班同学,叫张砚方,他的父亲是个军官,张砚方写得一手好魏碑字,这时已改用自来水笔,钢笔字还带有郑文公的风韵。他慷慨地借给了我五元钱,使我顺利地进入了使用自来水笔的行列。钢笔借款,使我心里很不安,又不敢向家里去要,直到张砚方大学毕业时,不愿写毕业论文,把我写的一篇"同路人文学论"拿去交卷,我才轻松了下来。其实我那篇文章,即使投稿,也不会中选,更不用说得什么评论奖了。

这支钢笔,作为宝贵财产,在抗日战争时期,家里人把它埋藏在草屋里。我已经离开家乡到山里去了。我家喂着一头老黄牛,有一天长工清扫牛槽时,发见了这支钢笔。因为是塑料制造,不是味道,老牛咀嚼很久,还是把它吐了出来。

在山里,我又用起钢笔尖,用秫秸做笔杆。那时就是钢笔尖，也很难买到，都是经过小贩，从敌占区弄来的。有一次，我从一个同志的桌上，拿了一个新钢笔尖用，惹得这个同志很不高兴。

就是用这种钢笔，在山区，我还是写了不少文章，原始工具，并不妨碍文思。

抗日战争胜利，我回到了冀中。先是杨循同志送我一支自来水笔，后来，邓康同志又送我一支。我把老杨送我的一支，送给了老秦。

不久，实行土改，我的家是富农，财产被平分。家里只有老母、弱妻和几个小孩子，没有劳力，生活很困难。我先是用自行车带着大女孩子下乡，住在老乡家里，女孩子跟老太太们一块纺线，有时还同孩子们到地里拾些花生、庄稼。后来，政策越来越严格，小孩子不能再吃公粮，我只好把她送回家去。因家庭成分不好，我有多半年不能回家。有一次回家，看见大女孩子，一个人站在屋后的深水里割高粱，我只好放下车子，挽起裤子，帮她去干活。

回到家里，一家人都在为今后的生活发愁。我告诉他们，周而复同志给我编了一本集子，在香港出版，托周扬同志给我带来了几十元稿费。现在我不能带钱回家，我已经托房东，籴了三斗小米，以后政策缓和了，可以运回来。这一番话，并不能解除家人的忧虑。妻说，三斗小米，够吃几天，哪里是长远之计？

我又说，我身上还有一支钢笔，这支钢笔是外国货，可以卖些钱，你们做个小本买卖，比如说卖豆菜，还可以维持一段时间。家人未加可否。

这都是杞人之忧，解放战争进行得出人意外地顺利，不久我就随军进入天津，忧虑也随之云消雾散。

进城以后，我买了一支大金星钢笔，笔杆很粗，很好用，用了很多年，写了不少字。稿费多了，有人劝我买一支美国派克笔。我这人经不起人劝说，就托机关的一位买办同志，去买了一支，也忘记花了多少钱。"文化大革命"，这是一条。群众批判说：国产钢笔就不能写字？为什么要用外国笔？我觉得说得也是，就检讨说：文章写得好不好，确实不在用什么笔。群众说检讨得不错。

其实，这支钢笔，我一直没有用过。我这个人小气，不大方，有什么好东西，总是放着，舍不得用。抄家时抄去了，后来又发还了，还是锁在柜子里。此生此世，我恐怕不会用它了。现在，机关每年要发一支钢笔，我的笔筒里已经存放着好几支了。

一九八五年四月十一日

三、菜花寂寞开

黄 鹂

——病期琐事

这种鸟儿,在我的家乡好像很少见。童年时,我很迷恋过一阵捕捉鸟儿的勾当。但是,无论春末夏初在麦苗地或油菜地里追逐红靛儿,或是天高气爽的秋季,奔跑在柳树下面网罗虎不拉儿的时候,都好像没有见过这种鸟儿。它既不在我那小小的村庄后边高大的白杨树上同鹯鸡儿一同鸣叫,也不在村南边那片神秘的大苇塘里和苇咋儿一块筑窠。

初次见到它,是在阜平县的山村。那是抗日战争期间,在不断的炮火洗礼中,有时清晨起来,在茅屋后面或是山脚下的丛林里,我听到了黄鹂的尖利的富有召唤性和启发性的啼叫。可是,它们飞起来,迅若流星,在密密的树枝树叶里忽隐忽现,常常是在我仰视的眼前一闪而过,金黄的羽毛上映照着阳光,美丽极了,想多看一眼都很困难。

因为职业的关系,对于美的事物的追求,真是有些奇怪,有时简直近于一种狂热。在战争不暇的日子里,这种观察飞禽走兽的闲情逸致,不知对我的身心情感,起着什么性质的影响。

前几年,终于病了。为了疗养,来到了多年向往的青岛。春天,我移居到离海边很近,只隔着一片杨树林洼地的一幢小楼房里。有很长的一段时间,我一个人住在这里,清晨黄昏,我常常到那杨树林里散步。有一天,我发现有两只黄鹂飞来了。

这一次,它们好像喜爱这里的林木深密幽静,也好像是要在这里产卵孵雏,并不匆匆离开,大有在这里安家落户的意思。

每天,天一发亮,我听到它们的叫声,就轻轻打开窗帘,从楼上可以看见它们互相追逐,互相逗闹,有时候看得淋漓尽致,对我来说,这真是饱享眼福了。

观赏黄鹂,竟成了我的一种日课。一听到它们叫唤,心里就很高兴,视线也就转到杨树上,我很担心它们一旦要离此他去。这里是很安静的,甚至有些近于荒凉,它们也许会安心居住下去的。我在树林里徘徊着,仰望着,有时坐在小石凳上谛听着,但总找不到它们的窠巢所在,它们是怎样安排自己的住室和产房的呢?

一天清晨,我又到树林里散步,和我患同一种病症的史同志手里拿着一支猎枪,正在瞄准树上。

"打什么鸟儿?"我赶紧过去问。

"打黄鹂!"老史兴致勃勃地说,"你看看我的枪法。"

这时候,我不想欣赏他的枪技,我但愿他的枪法不准。他瞄了一会儿,黄鹂发觉飞走了。乘此机会,我以老病友的资格,请他不要射击黄鹂,因为我很喜欢这种鸟儿。

我很感激老史同志对友谊的尊重。他立刻答应了我的要求,没有丝毫不平之气。并且说:

"养病么,喜欢什么就多看看,多听听。"

这是真诚的同病相怜。他玩猎枪,也是为了养病,能在兴头儿上照顾旁人,这种品质不是很难得吗?

有一次,在东海岸的长堤上,一位穿皮大衣戴皮帽的中年人,只是为了讨取身边女朋友的一笑,就开枪射死了一只回翔在天空的海鸥。一群海鸥受惊远飏,被射死的海鸥落在海面上,被怒涛拍击漂卷。胜利品无法取到,那位女人请在海面上操作的海带培养工人帮助打捞,工人们愤怒地掉头划船而去。这给我留下了深刻的印象。回到房子里,无可奈何地写了几句诗,也终于没有完成,因为契诃夫在好几种作品里写到了这种人。我的笔墨又怎能更多地为他们的业绩生色? 在他们的房间里,只挂着契诃夫为他们写的褒词就够了。

惋惜的是,我的朋友的高尚情谊,不能得到这两只惊弓之鸟的理解,它们竟一去不返。从此,清晨起来,白杨萧萧,再也听不到那种清脆的叫声。夏天来了,我忙着到浴场去游泳,渐渐把它们忘掉了。

有一天我去逛鸟市。那地方卖鸟儿的很少了,现在生产第一，游闲事物，相应减少，是很自然的。在一处转角地方，有一个卖鸟笼的老头儿，坐在一条板凳上，手里玩弄着一只黄鹂。黄鹂系在一根木棍上，一会儿悬空吊着，一会儿被拉上来。我站住了，我望着黄鹂，忽然觉得它的焦黄的羽毛，它的嘴眼和爪子，都带有一种凄惨的神气。

"你要吗？多好玩儿！"老头儿望望我问了。

"我不要。"我转身走开了。

我想，这种鸟儿是不能饲养的，它不久会被折磨得死去。这种鸟儿，即使在动物园里，也不能从容地生活下去吧，它需要的天地太宽阔了。

从此，有很长一段时间，我不再想起黄鹂。第二年春季，我到了太湖，在江南，我才理解了"杂花生树，群莺乱飞"这两句文章的好处。

是的，这里的湖光山色，密柳长堤；这里的茂林修竹，桑田苇泊；这里的乍雨乍晴的天气，使我看到了黄鹂的全部美丽，这是一种极致。

是的，它们的啼叫，是要伴着春雨、宿露，它们的飞翔，是要伴着朝霞和彩虹的。这里才是它们真正的家乡，安居乐业的所在。

各种事物都有它的极致。虎啸深山，鱼游潭底，驼走大漠，雁排长空，这就是它们的极致。

在一定的环境里，才能发挥这种极致。这就是形色神态和环境的自然结合和相互发挥，这就是景物一体。典型环境中的典型性格，也可以从这个角度来理解吧。这正是在艺术上不容易遇到的一种境界。

一九六二年四月

吃粥有感

我好喝棒子面粥,几乎长年不断,晚上多煮一些,第二天早晨,还可以吃一顿。秋后,如果再加些菜叶、红薯、胡萝卜什么的,就更好吃了。冬天坐在暖炕上,两手捧碗,缩脖而啜之,确实像郑板桥说的,是人生一大享受。

有人向我介绍,胡萝卜营养价值很高,它所含的维生素,较之名贵的人参,只差一种,而它却比人参多一种胡萝卜素。我想,如果不是人们一向把它当成菜蔬食用,而是炮制成为药物,加以装潢,其功效一定可以与人参旗鼓相当。

是一九四二年的冬天吧,日寇又对晋察冀边区进行"扫荡",我们照例是化整为零,和敌人周旋。我记得我和诗人曼晴是一个小组,一同活动。曼晴的诗朴素自然,我曾写短文介绍过了。他的为人,和他那诗一样,另外多一种对人诚实的热情。那时以热情著称的青年诗人很有几个,陈布洛是最突出的一个,很久见不到他的名字了。

我和曼晴都在边区文协工作,出来打游击,每人只发两枚手榴弹。我们的武器就是笔,和手榴弹一同挂在腰上的还有一瓶蓝墨水。我们都负有给报社写战斗通讯的任务。我们也算老游击战士了,两个人合计了一下,先转到敌人的外围去吧。

天气已经很冷了。山路冻冰,很滑。树上压着厚霜,屋檐上挂着冰柱,山泉小溪都冻结了。好在我们已经发了棉衣,穿在身上了。

一路上,老乡也都转移了。第一夜,我们两人宿在一处背静山坳拦羊的圈里,背靠着破木栅板,并身坐在羊粪上,只能避避夜来寒风,实在睡不着觉的。后来,曼晴就用《羊圈》这个题目,写了一首诗。我知道,就当寒风刺骨、几乎是露宿的情况下,曼晴也没有停止他的诗的构思。

第二天晚上,我们游击到了一个高山坡上的小村庄,村里也没人,门子都开着。我们摸到一家炕上,虽说没有饭吃,却好好睡了一夜。

清早,我刚刚脱下用破军装改制成的裤衩,想捉捉里面的群虱,敌人的飞机就来了。小村庄下面是一条大山沟,河滩里横倒竖卧都是大顽石,我们跑下山,隐蔽在大石下面。飞机沿着山沟上空,来回轰炸。欺侮我们没有高射武器,它飞得那样低,好像擦着小村庄的屋顶和树木。事后传说,敌人从飞机的窗口,抓走了坐在炕上的一个小女孩。我把这一情节,写进一篇题为《冬天,战斗的外围》的通讯,编辑刻舟求剑,给我改得啼笑皆非。

飞机走了以后，太阳已经很高。我在河滩上捉完裤衩里的虱子，肚子已经咕咕地叫了。

两个人勉强爬上山坡，发现了一小片胡萝卜地。因为战事，还没有收获。地已经冻了，我和曼晴用木棍掘取了几个胡萝卜，用手擦擦泥土，蹲在山坡上，大嚼起来。事隔四十年，香美甜脆，还好像遗留在唇齿之间。

今晚喝着胡萝卜棒子面粥，忽然想到此事。即兴写出，想寄给自从一九六六年以来，就没有见过面的曼晴。听说他这些年是很吃了一些苦头的。

一九七八年十二月二十日夜

画的梦

在绘画一事上，我想，没有比我更笨拙的了。和纸墨打了一辈子交道，也常常在纸上涂抹，直到晚年，所画的小兔、老鼠等等小动物，还是不成样子，更不用说人体了。这是我屡屡思考，不能得到解答的一个谜。

我从小就喜欢画。在农村，多么贫苦的人家，在屋里也总有一点点美术。人天生就是喜欢美的。你走遍多少人家，便可以欣赏到多少形式不同的、零零碎碎甚至残缺不全的画。那或者是窗户上的一片红纸花，或者是墙壁上的几张连续的故事画，或者是贴在柜上的香烟盒纸片，或者是人已经老了，在青年结婚时，亲朋们所送的麒麟送子"中堂"。

这里没有画廊，没有陈列馆，没有画展。要得到这种大规模的、能饱眼福的欣赏机会，就只有年集。年集就是新年之前的集市。赶年集和赶庙会，是童年时代最令人兴奋的事。在年集上，买完了鞭炮，就可以去看画了。那些小贩，把他们的画张挂在人家的闲院里，或是停放大车的门洞里。看画的人多，买画的人少，他并不见怪，小孩们他也不撵，很有点开展览会的风度。他同时卖神像，例如"天地"、"老爷"、"灶马"之类。神画销路最大，因为这是每家每户都要悬挂供奉的。

我在童年时，所见的画，还都是木板水印，有单张的，有四联的。稍大时，则有了石印画，多是戏剧，把梅兰芳印上去，还有娃娃京戏，精彩多了。等我离开家乡，到了城市，见到的多是所谓月份牌画，印刷技术就更先进了，都是时装大美人儿。

在年集上，一位年岁大的同学，曾经告诉我：你如果去捅一下卖画人的屁股，他就会给你拿出一种叫作"手卷"的秘画，也叫"山西灶马"，好看极了。

我听来，他这些说法，有些不经，也就没有去尝试。

我没有机会欣赏更多的、更高级的美术作品，我所接触的，只能说是民间的、低级的。但是，千家万户的年画，给了我很多知识，使我知道了很多故事，特别是戏曲方面的故事。

后来，我学习文学，从书上，从杂志上，看到一些美术作品。就在我生活最不安定，最困难的时候，我的书箱里，我的案头，我的住室墙壁上，也总有一些画片。它们大多是我从杂志上裁下的。

对于我钦佩的人物，比如托尔斯泰、契诃夫、高尔基，比如鲁迅，比如丁玲同志，比如阮玲玉，我都保存了他们的很多照片或是画像。

进城以后，本来有机会去欣赏一些名画，甚至可以收集一些名人的画了。但是，因为我外行，有些吝啬，又怕和那些古董商人打交道，所以没有做到。有时花很少的钱，在早市买一两张并非名人的画，回家挂两天，厌烦了，就卖给收破烂的，于是这些画就又回到了早市去。

一九六一年，黄胄同志送给我一张画，我托人拿去裱好了，挂在房间里，上面是一个维吾尔少女牵着一匹毛驴，下面还有一头大些的驴，和一头驴驹。一九六二年，我又转请吴作人同志给我画了三头骆驼，一头是近景，两头是远景，题曰《大漠》。也托人裱好，珍藏起来。

一九六六年，运动一开始，黄胄同志就受到"批判"。因为他的作品，家喻户晓，他的"罪名"，也就妇孺皆知。家里人把画摘下来了。一天，我出去参加学习，机关的造反人员来抄家，一见黄胄的毛驴不在墙上了，就大怒，到处搜索。搜到一张画，展开不到半截，就摔在地下，喊："黑画有了！"其实，那不是毛驴，而是骆驼，真是驴唇不对马嘴。就这样把吴作人同志画的三头骆驼牵走了，三匹小毛驴仍留在家中。

运动渐渐平息了。我想念过去的一些友人。我写信给好多年不通音讯的彦涵同志，问候他的起居，并请他寄给我一张画。老朋友富于感情，他很快就寄给我那幅有名的木刻《老羊倌》，并题字用章。

我求人为这幅木刻做了一个镜框，悬挂在我的住房的正墙当中。

不久，"四人帮"在北京举办了别有用心的"黑画展览"，这是他们继小靳庄之后发动的全国性展览。

机关的一些领导人，要去参观，也通知我去看看，说有车，当天可以回来。

我有十二年没有到北京去了，很长时间也看不到美术作品，就答应了。

在路上停车休息时，同去的我的组长，轻声对我说："听说彦涵的画展出的不少哩!"我没有答话。他这是知道我房间里挂有彦涵的木刻，对我提出的善意警告。

到了北京美术馆门前，真是和当年的小靳庄一样，车水马龙，人山人海。"四人帮"别无能为，但善于巧立名目，用"示众"的方式蛊惑人心。人们像一窝蜂一样往里面拥挤。这种场合，这种气氛，我都不能适应。我进去了五分钟，只是看了看彦涵同志那些作品，就声称头疼，钻到车里去休息了。

夜晚，我们从北京赶回来，车外一片黑暗。我默默地想：彦涵同志以其天赋之才，在政治上受压抑多年，这次是应国家需要，出来画些画。他这样努力、认真、精心地工作，是为了对人民有所贡献，有所表现。"四人帮"如此对待艺术家的良心，就是直接侮辱了人民之心。回到家来，我面对着那幅木刻，更觉得它可珍贵了。上面刻的是陕北一带的牧羊老人，他手里抱着一只羊羔，身边站立着一只老山羊。牧羊人的呼吸，与塞外高原的风云相通。

这幅木刻，一直悬挂着，并没有摘下。这也是接受了多年的经验教训：过去，我们太怯弱了，太驯服了，这样就助长了那些政治骗子的野心，他们以为人民都是阿斗，可以玩弄于他们的股掌之上。几乎把艺术整个毁灭，也几乎把我们全部葬送。

我是好做梦的，好梦很少，经常是噩梦。有一天夜晚，我梦见我把自己画的一幅画，交给中学时代的美术老师，老师称赞了我，并说要留作成绩，准备展览。

那是一幅很简单的水墨画：秋风败柳，寒蝉附枝。

我很高兴，叹道：我的美术，一直不及格，现在，我也有希望当个画家了。随后又有些害怕，就醒来了。

其实，按照弗洛伊德学说，这不过是一连串零碎意识、印象的偶然的组合，就像万花筒里出现的景象一样。

一九七九年五月

火　炉

　　我有一个煤火炉，是进城那年买的，用到现在，已经三十多年了。它伴我度过了热情火炽的壮年，又伴我度过着衰年的严冬。它的容颜也有了很大的改变，它的身上长了一层红色的铁锈，每年安装时，我都要举止艰难地为它打扫一番。

　　我们可以说得上是经过考验的，没有发生过变化的。它伴我住过大屋子，也伴我迁往过小屋子，它放暖如故。大屋小暖，小屋大暖。小暖时，我靠它近些；大暖时，我离它远些。小屋时，来往的客人，少一些；大屋时，来往的客人，多一些。它都看到了。它放暖如故。

　　它看到，和我同住的人，有的死去了，有的离去了，有的买制了新的火炉，另外安家立业去了。它放暖如故。

　　我坐在它的身边。每天早起，我把它点着，每天晚上，我把它封盖。我坐在它身边，吃饭，喝茶，吸烟，深思。

　　我好吃烤的东西，好吃有些煳味的东西。每天下午三点钟，我午睡起来，在它上面烤两片馒头，在炉前慢慢咀嚼着，自得其乐，感谢上天的赐与。

对于我,只要温饱就可以了,只要有一个避风雨的住处就满足了。我又有何求!

看来,我们的关系,是不容易断的,只要我每年冬季,能有三十元钱,买两千斤煤球,它就不会冷清,不会无用武之地,我也就会得到温暖的!

火炉,我的朋友,我的亲密无间的朋友。我幼年读过两句旧诗:炉存红似火,慰情聊胜无。何况你不只是存在,而且确实在熊熊地燃烧着啊。

一九八二年十二月二十六日上午

老　屋

　　今天上午，老樊同志来看我。他是初进城时，天津日报的经理。工人出身，为人热情爽朗，对知识分子，能一见如故。我们并非来自一个山头，我从冀中来，他从冀东来，不久他就到湖南去了，相处的时间并不长，但他给我留下了很好的印象。每次他来天津，总是来看望我。记得地震那年，他来了，仓促间，我请他吃了一碗小米粥，算是请了他的客。今天提到这件老事，还同声大笑起来。

　　我送给他一本新出的书，他很高兴。这也是我的一点世故：工人出身的同志，最看重知识分子送给他书。

　　我说："我们一块进城的同志，有的死了，有的病了。当然，就目前说，活着的还是比死去的数目大。不过，好像轮到我们这一拨了，我一见那印着黑体字的大白信皮，就害怕。所以送你一本书。留个纪念。"

　　他说："这比什么纪念都好。也因为这个原因，所以我每次来，一定看望你。"

　　我说："进城时，我们同在这个院里住，你是管分配房屋的。那时同住的人，现在就剩我一个了。别的人，都搬走了，有的是老人搬走，把房子留给孩子们。现在户主，都是第二代，院里跑的，都是第三代。院子外观有很大的变化，内观也有很大的变化。惟独我这里，还是抱残守缺，不改旧观。不过人老了，屋子也老了。"

老樊笑着说："不错，不错。听说你身体比过去好了，文章比过去写得也多了。"

我说："我知道你是个乐天派，从来不发愁。我管保你能长寿，这从你的眼里就能看出来。"

送走老樊，我环顾了一下这座老屋，却没有什么新的感想，近几年，关于这个大院，我已经不止一次在文章里描写过了。

一九八五年六月十七日

晚秋植物记

白　蜡　树

庭院平台下,有五株白蜡树,五十年代街道搞绿化所植,已有碗口粗。每值晚秋,黄叶飘落,日扫数次不断。余门前一株为雌性,结实如豆荚,因此消耗精力多,其叶黄最早,飘落亦最早,每日早起,几可没足。清扫落叶,为一定之晨课,已三十余年。幼年时,农村练武术者,所持之棍棒,称做白蜡杆。即用此树枝干做成,然眼前树枝颇不直,想用火烤制过。如此,则此树又与历史兵器有关。揭竿而起,殆即此物。

石　榴

前数年买石榴一株,植于瓦盆中。树渐大而盆不易,头重脚轻,每遇风,常常倾倒,盆已有裂纹数处,然尚未碎也。今年左右系以绳索,使之不倾斜。所结果实为酸性,年老不能食,故亦不甚重之。去年结果多,今年休息,只结一小果,南向,得阳光独厚。其色如琥珀珊瑚，晶莹可爱，昨日剪下，置于橱上，以为观赏之资。

丝　瓜

我好秋声，每年买蝈蝈一只，挂于纱窗之上，以其鸣叫，能引乡思。每日清晨，赴后院陆家采丝瓜花数枚，以为饲料。今年心绪不宁，未购养。一日步至后院，见陆家丝瓜花，甚为繁茂，地下萎花亦甚多。主人问何以今年未见来采，我心有所凄凄。陆，女同志，与余同从冀中区进城，亦同时住进此院，今皆衰老，而有旧日感情。

瓜　蒌

原为一家一户之庭院，解放后，分给众家众户。这是革命之必然结果。原有之花木山石，破坏糟蹋完毕，乃各占地盘，经营自己之小房屋，小菜园，小花圃，使院中建筑地貌，犬牙交错，形象大变。化整为零，化公为私，盖非一处如此，到处皆然也。工人也好，干部也好，多来自农村，其生活方式，经营思想，无不带有农民习惯，所重者为土地与砖瓦，观庭院中之竞争可知。

我体弱，无力与争。房屋周围之隙地，逐渐为有劳力、有心计者所侵占。惟窗下留有尺寸之地。不甘寂寞，从街头购瓜蒌籽数枚，植之。围以树枝，引以绳索，当年即发蔓结果矣。

幼年时，在乡村小药铺，初见此物。延于墙壁之上，果实垂垂，甚可爱，故首先想到它。当时是独家经营的新品种，同院好花卉者，也竞相种植。

东邻李家，同院中之广种博收者也。好施肥，每日清晨从厕所中掏出大粪，倾于苗圃，不以为脏。从医院要回瓜蒌秧，长势颇壮，绿化了一个方面。他种的瓜蒌，迟迟不结果，其花为白绒状，其叶亦稍不同，众人嘲笑。李家坚信不移，请看来年，而来年如故。一王姓客人过而笑曰：此非瓜蒌，乃天花粉也，药材在根部。此客号称无所不知。

我所植，果实逐年增多，李家仍一个不结。我甚得意，遂去破绳败枝，购置新竹竿搭成高大漂亮架子，使之向空中发展，炫耀于众。出乎意外，今年亦变为李家形状，一个果也没有结出。

幸有一部《本草纲目》，找出查看。好容易才查到瓜蒌条，然亦未得要领，不知其何以有变。是肥料跟不上，还是日光照射不足？是种植几年，就要改种，还是有什么剪枝技术？书上都没有记载。只是长了一些知识：瓜蒌也叫天花粉，并非两种。王客所言，也是只知其一，不知其二。

然我之推理，亦未必全中。阳光如旧并无新的遮蔽。肥料固然施得不多，证之李家，亦未必因此。如非修剪无术，则必是本身退化，需要再播种一次新的种子了。

种植几年，它对我不再是新鲜物，我对它也有些腻烦。现在既不结果，明年想拔去，利用原架，改种葡萄。但书上说拔除甚不易，其根直入地下，有五六尺之深。这又不是我力所能及的了。

灰　　菜

庭院假山，山石被人拉去，乃变为一座垃圾山。我每日照例登临，有所凭吊。今年，因此院成为脏乱死角，街道不断督促，所属机关，才拨款一千元，雇推土机及汽车，把垃圾运走。光滑几天，不久就又砖头瓦块满地，机关原想在空地种些花木，花钱从郊区买了一车肥料，卸在大门口。除院中有心人运些到自己葡萄架下外，当晚一场大雨，全漂到马路上去了。

有一户用碎砖围了一小片地，扬上一些肥料。不知为什么没有继续经营。雨后野草丛生，其中有名灰菜者，现在长到一人多高，远望如灌木。家乡称此菜为"落绿"，煮熟可作菜，余幼年所常食。其灰可浣衣，胜于其他草木灰。故又名灰菜。生命力特强，在此院房顶上，可以长到几尺高。

一九八五年十月八日

风烛庵杂记

一

五十年代末，一位姓王的文教书记，几次对我说："你身体不好，不要写了，休息休息吧！"我当时还不能完全领会他的好意，以为只是关心我的身体。按照他的职务，他本应号召、鼓励我们多写，但他却这样说，当然是在私下。我后来才体会到，在那一时期，这是对我真正的关心和爱护。

这位书记，已经在"文化大革命"中惨死。他自然也不是完人，也给我留下过不太好的印象。但总起来说，他是个好人。古人称这样的人为君子，君子爱人以德。

二

有那么多年，谁登台发言，或著文登报，"批判"了什么人，就会升官晋爵。批判的对象越大越重要，升的官位就越高。这种先例一开，那些急功好利之徒，谁不眼红心热？流风所及,斯文扫地。

一九四八年,我当记者时,因为所谓的"客里空"错误,受到一次批判。我的分量太轻,批判者得到的好处,也不大,但还是高升了一步。

冤家路窄,进城以后,我当记者,到南郊区白塘口一带采访时,又遇到了这位同志。他在那里搞"四清",是工作组的成员。他特别注意我的采访,好像是要看看,经过他的批判,我在工作上有没有进步。有一次,我到食堂去喝水,正和人们闲聊,他严肃地对我说:

"到北屋去,那里正在汇报!"

我没有去。因为我写的文章,需要的是观察体验,并不只是汇报材料。

"文化大革命"期间,这位同志,和我同住一间牛棚。一同推粪拉土,遭受斥责辱骂,共尝一勺烩的滋味,往事已不堪回首矣。

三

凡能厚着脸皮批判别人的人,他在接受别人对他的批判时,脸皮也很厚。"文化大革命"初期,我和一位同志同受批判,台上发言者嗷嗷,台下群众滔滔,他不动声色地坐在那里,光着的两只脚,互相摩擦着,表现得非常悠闲自然。后来"造反派"不断对他进行武斗,又把他关了起来,他才表示屈服。

四

"文革"那几年，编报也真难。每天有领袖像，而且尺寸越来越大。不只前后左右，要注意有无不好的字眼，就是像的背面，也要留心。只要有人指出，有什么坏字坏词，挨上了相片，那就不得了。那时报纸上，咒骂和下流的话语又很多，防不胜防。每日报样印出，必经多人审查，并映日光而照视。虽然"造反派"掌握了新闻大权，也是终日战战兢兢，不知什么时候，成为现行反革命。

五

"文革"时，我们这些"走资派"搞卫生，照例是把纸篓里的脏纸，倒进院里的大铁桶，以备拉走。有一次，不知是谁那么眼尖，看到了从报纸上撕下的一片领袖像。那时，每天的报上，都有大幅领袖像，恐怕是谁一时不留心用了，随手倒进去也就算了。他却捡出来，报告了造反总部。一经报告，又有物证，必须查处。一阵人慌马乱，还终于查出来了。据说是传达室值夜班的一位女同志。这位年纪轻轻的女同志，从此患了神经病，两年以后，投河自尽。

六

现在，我想，人是有君子、小人之别的。古代的哲人，很早就发现了这种区别，并描绘了他们的基本特征。有关小人特征的古语是：见利忘义。势利小人。近之则不逊，远之则怨。小人得势，不可一世，等等。

人，成为君子，或成为小人，有先天的，即遗传的因素，也有后天的，即环境的因素。文化教养，也有影响。古代和近代，都曾有人主张经过教育，可使人成为君子，失去教育的机会，乃成为小人。实际上，一般文化教育，起不到这样的作用。法律和法制，却可以起到这种作用。所以，历代都重视"律"。

抗日战争是一场神圣的民族解放战争，在当时，舍身卫国，志士仁人，到处都可以遇到，人人思义，人人忘利，人人都有可能成为好人。"文化大革命"期间，及其以后若干年，为何随时随地都可以遇到不折不扣的小人之行呢？显然不单单是教育或文化的问题，而是当时的环境，政治土壤，培育了君子之心，或是助长了小人之志的结果。古语说："小人惟恐天下不乱。""文化大革命"取消了作为国家命脉的法制，使那些小人真的变得"无法无天"了。

一九八六年四月十七日剪贴旧作

老　家

前几年,我曾诌过两句旧诗:"梦中每迷还乡路,愈知晚途念桑梓。"最近几天,又接连做这样的梦:要回家,总是不自由;请假不准,或是路途遥远。有时决心起程,单人独行,又总是在日已西斜时,迷失路途,忘记要经过的村庄的名字,无法打听。或者是遇见雨水,道路泥泞;而所穿鞋子又不利于行路,有时鞋太大,有时鞋太小,有时倒穿着,有时横穿着,有时系以绳索。种种困扰,非弄到急醒了不可。

也好,醒了也就不再着急,我还是躺在原来的地方,原来的床上,舒一口气,翻一个身。

其实,"文化大革命"以后,我已经回过两次老家,这些年就再也没有回去过,也不想再回去了。一是,家里已经没有亲人,回去连给我做饭的人也没有了。二是,村中和我认识的老年人,越来越少,中年以下,都不认识,见面只能寒暄几句,没有什么意思。

前两次回去:一次是陪伴一位正在相爱的女人,一次是在和这位女人不睦之后。第一次,我们在村庄的周围走了走,在田头路边坐了坐。蘑菇也采过，柴禾也拾过。第二次，我一个人，看见亲人丘陇，故园荒废触景生情，心绪很坏，不久就回来了。

现在，梦中思念故乡的情绪，又如此浓烈，究竟是什么道理呢？实在说不清楚。

我是从十二岁，离开故乡的。但有时出来，有时回去，老家还是我固定的窠巢，游子的归宿。中年以后，则在外之日多，居家之日少，且经战乱，行居无定。及至晚年，不管怎样说和如何想，回老家去住，是不可能的了。

是的，从我这一辈起，我这一家人，就要流落异乡了。

人对故乡，感情是难以割断的，而且会越来越萦绕在意识的深处，形成不断的梦境。

那里的河流，确已经干了，但风沙还是熟悉的；屋顶上的炊烟不见了，灶下做饭的人，也早已不在。老屋顶上长着很高的草，破漏不堪；村人故旧，都指点着说："这一家人，都到外面去了，不再回来了。"

我越来越思念我的故乡，也越来越尊重我的故乡。前不久，我写信给一位青年作家说："写文章得罪人，是免不了的。但我甚不愿因为写文章，得罪乡里。遇有此等情节，一定请你提醒我注意！"

最近有朋友到我们村里去了一趟，给我几间老屋，拍了一张照片，在村支书家里，吃了一顿饺子。关于老屋，支书对他说:"前几年,我去信问他,他回信说:也不拆,也不卖,听其自然,倒了再说。看来,他对这几间破房,还是有感情的。"

朋友告诉我:现在村里,新房林立;村外,果木成林。我那几间破房,留在那里,实在太不调和了。

我解嘲似的说:"那总是一个标志,证明我曾是村中的一户。人们路过那里,看到那破房,就会想起我,念叨我。不然,就真的会把我忘记了。"

但是,新的正在突起,旧的终归要消失。

一九八六年八月十二日,晨起作。闷热,小雨

告　别

——新年试笔

书　籍

我同书籍，即将分离。我虽非英雄，颇有垓下之感，即无可奈何。

这些书，都是在全国解放以后，来到我家的。最初零零碎碎，中间成套成批。有的来自京沪，有的来自苏杭。最初，我囊中羞涩，也曾交臂相失。中间也曾一掷百金，稍有豪气。总之，时历三十余年，我同它们，可称故旧。

十年浩劫，我自顾不暇，无心也无力顾及它们。但它们辗转多处，经受折磨、潮湿、践踏、撞破，终于还是回来了。失去了一些，我有些惋惜，但也不愿再去寻觅它们，因为我失去的东西，比起它们，更多也更重要。

它们回到寒舍以后，我对它们的情感如故。书无分大小、贵贱、古今、新旧，只要是我想保存的，因之也同我共过患难的，一视同仁。洗尘，安置，抚慰，唏嘘，它们大概是已经体味到了。

近几年，又为它们添加了一些新伙伴。当这些新书，进入我的书架，我不再打印章，写名字，只是给它们包裹一层新装，记下到此的岁月。

这是因为，我意识到，我不久就会同它们告别了。我的命运是注定了的。但它们各自的命运，我是不能预知，也不能担保的。

字　　画

我有几张字画，无非是吴、齐、陈的作品，也即近代世俗之所爱，说不上什么稀世的珍品。这些画，是六十年代初，我心血来潮，托陈乔同志在北京代购的，那时他任中国历史博物馆副馆长，据说是带了几位专家到画店选购的，当然是不错的了。去年陈乔来家，还问起这几张画来。我告诉他"文化大革命"时，抄是抄去了，但人家给保存得很好，值得感谢。这些年一直放在柜子里，也不知潮湿了没有，因为我对这些东西，早已经一点兴趣也没有了。陈说：不要糟蹋了，一幅画现在要上千上万啊！我笑了笑。什么东西，一到奇货可居，万人争购之时，我对它的兴趣就索然了。我不大看洛阳纸贵之书，不赴争相参观之地，不信喧嚣一时之论。

当代画家，黄胄同志，送给过我两张毛驴；吴作人同志给

我画过一张骆驼；老朋友彦涵给我画了一张朱顶红，是因为我
请他向画家们求画，他说，自从批"黑画展"以后，画家们都搁
笔不画了，我给你画一张吧。近些年，因为画价昂贵，我也不
敢再求人作画，和彦涵的联系也少了。

　　值得感谢的，是许麟庐同志，他先送我一张芭蕉，"四人
帮"倒台以后，又主动给我画了一张螃蟹、酒壶、白菜和菊花。
不过那四只螃蟹，形象实在丑恶，肢体分解，八只大腿，画得像
一群小雏鸡。上书：孙犁同志，见之大笑。

　　天津画家刘止庸，给我写了一副对联，虽然词儿高了一
些，有些过奖，我还是装裱好了，张挂室内，以答谢他的厚意。

　　我向字画告别，也就意味着，向这些书画家告别。

瓶　　罐

　　进城后，我在早市和商场，买了不少旧磁器，其中有一些
是日本磁器。可能有些假古董，真古董肯定是没有的。因为
经过抄家，经过专家看过，每个瓶底上，都贴有鉴定标签，没有
一件是古磁。

　　不过，有一个青花松竹的磁罐，原是老伴外婆家物，祖辈
相传，搬家来天津时，已为叔父家拿去，后来听说我好这些东
西，又给我送来了。抄家时，它装着糖，放在橱架上，未被拿
走。经我鉴定，虽然无款，至少是一件明磁。可惜盖子早就丢

失了。

这些瓶瓶罐罐，除去孩子们糟蹋的以外，尚有两筐，堆放在闲屋里。

字　　帖

原拓只有三希堂。丙寅岁拓，并非最佳之本。然装潢华贵，花梨护板，樟木书箱，似是达官或银行家物。尚有写好的洒金题签，只贴好一张，其余放在箱内。我买来也没来得及贴好，抄家时丢失了。此外原拓，只有张猛龙碑、龙门二十品等数种，其余都是珂罗版。

汉碑、魏碑。我是按照《艺舟双楫》和《广艺舟双楫》介绍购置的，大体齐备。此外有淳化阁帖半套及晋唐小楷若干种。唐隶唐楷及唐人写经若干种。

罗振玉印的书，我很喜欢，当作字帖购买的有：祝京兆法书，水拓鹤铭，世说新书，智永千文，六朝墓志菁华等。以他的六朝墓志，校其他六朝帖，就会发现，因墓志字小形微，造假者多有。

我本来不会写字，近年也为人写了不少，现在很后悔。愿今后一笔一画，规规矩矩，写些楷字，再有人要，就给他这个，以示真相。他们拿去，会以为是小学生习字，不屑一顾，也就不再来找我了。人本非书家，强写狂乱古怪字体，以邀书家之名；本来写不好文章，强写得稀奇荒诞，以邀作家之名；本来没有什么新见解,故作高深惊人之词,以邀理论家之名,皆不足取。时运一过,随即消亡。一个时代,如果艺术也允许作假冒充,社会情态,尚可问乎。

印　　章

还有印章数枚,且有名家作品。一名章,阳文,钱君匋刻,葛文同志代求,石为青田,白色,马纽。一名章,阴文,金禹民作,陈肇同志代求,石为寿山;一藏书章,大卣作,陈乔同志代求,石为青田,酱色。

近几年,一些青年篆刻爱好者,也为我刻了一些图章。

其实,我除了写字,偶尔打个印,壮壮门面外,在书籍上,是很少盖印了,前面已经提到。古人达观者,用"曾在某斋"等印,其实还有恋恋之意,以为身后,还是会有些影响,这同好在书上用印者,只有五十步之差。不过,也有一点经验。在"文化大革命"时,我有一部《金瓶梅》被抄去,很多人觊觎它,终于是归还了,就是因为每本封面上,都盖有我的名章。印之为物,可小觑乎?

镇　　纸

我还有几件镇纸。其中,张志民送我一副人造大理石的,色彩形制很好。柳溪送我一只大理出的，很淡雅。最近杨润身又送我一只，是他的家乡平山做的，很朴厚。

我自己有一副旧玉镇纸，是用六角钱从南市小摊上得到的。每只上刻四个篆字，我认不好。陈乔同志描下来，带回北京，请人辨认。说是："不惜寸阴，而惜尺璧"八个字。陈说，不要用了。

其实，我也很少用这些玩意儿，都是放在柜子里。写字时，随便用块木头，压住纸角也就行了。我之珍惜东西，向有乡下佬吝啬之誉。凡所收藏，皆完整如新，如未触手。后人得之，可证我言。所以有眷恋之情，意亦在此。

以上所记，说明我是玩物丧志吗？不好回答。我就是喜爱这些东西，它们陪伴我几十年。一切适情怡性之物，非必在大而华贵也。要在主客默契，时机相当。心情恶劣，虽名山胜水，不能增一分之快，有时反更添愁闷之情。心情寂寞，虽一草一木也可破闷解忧，如获佳侣。我之于以上长物，关系正是如此。现在分别了，不是小别，而是大别，我无动于衷吗？也不好回答。"文化大革命"时，这些东西，被视为"四旧"，扫荡无余。近年，又有废除一切旧传统之论，倡言者，追随者，被认为新派人物。后果如何，临别之际，也就顾不得那么许多了。

一九八七年一月七日记

菜　花

　　每年春天,去年冬季贮存下来的大白菜,都近于干枯了,做饭时,常常只用上面的一些嫩叶,根部一大块就放置在那里。一过清明节,有些菜头就会鼓胀起来,俗话叫做菜怀胎。慢慢把菜帮剥掉,里面就露出一株连在菜根上的嫩黄菜花,顶上已经布满像一堆小米粒的花蕊。把根部铲平,放在水盆里,安置在书案上,是我书房中的一种开春景观。

　　菜花,亭亭玉立,明丽自然,淡雅清净。它没有香味,因此也就没有什么异味。色彩单调,因此也就没有斑驳。平常得很,就是这种黄色。但普天之下,除去菜花,再也见不到这种黄色了。

　　今年春天,因为忙于搬家,整理书籍,没有闲情栽种一株白菜花。去年冬季,小外孙给我抱来了一个大旱萝卜,家乡叫做灯笼红。鲜红可爱,本来想把它雕刻成花篮,撒上小麦种,贮水倒挂,像童年时常做的那样。也因为杂事缠身,胡乱把它埋在一个花盆里了。一开春,它竟一枝独秀,拔出很高的茎子,开了很多的花,还招来不少蜜蜂儿。

　　这也是一种菜花。它的花，白中略带一点紫色，给人一种清冷的感觉。它的根茎俱在，营养不缺，适于放在院中。正当花开得繁盛之时，被邻家的小孩，揪得七零八落。花的神韵，人的欣赏之情，差不多完全丧失了。

　　今年春天风大，清明前后，接连几天，刮得天昏地暗，厨房里的光线，尤其不好。有一天，天晴朗了，我发现桌案下面，堆放着蔬菜的地方，有一株白菜花。它不是从菜心那里长出，而是从横放的菜根部长出，像一根老木头长出的直立的新枝。有些花蕾已经开放，耀眼的光明。我高兴极了，把菜帮菜根修了修，放在水盂里。

　　我的案头，又有一株菜花了。这是天赐之物。

　　家乡有句歌谣：十里菜花香。在童年，我见到的菜花，不是一株两株，也不是一亩二亩，是一望无边的。春阳照拂，春风吹动，蜂群轰鸣，一片金黄。那不是白菜花，是油菜花。花色同白菜花是一样的。

　　一九四六年春天，我从延安回到家乡。经过八年抗日战争，父亲已经很见衰老。见我回来了，他当然很高兴，但也很少和我交谈。有一天，他从地里回来，忽然给我说了一句待对的联语：丁香花，百头，千头，万头。他说完了，也没有叫我去对，只是笑了笑。父亲做了一辈子生意，晚年退休在家，战事期间，照顾一家大小，艰险备尝。对于自己一生挣来的家产，爱护备至，一点也不愿意耗损。那天，是看见地里的油菜长得好，心里高兴，才对我讲起对联的。我没有想到这些，对这副对联，如何对法，也没有兴趣，就只是听着，没有说什么。当时是应该趁老人高兴，和他多谈几句的。没等油菜结籽，父亲就因为劳动后受寒，得病逝世了。临终，告诉我，把一处闲宅院卖给叔父家，好办理丧事。

　　现在，我已衰暮，久居城市，故园如梦。面对一株菜花，忽然想起很多往事。往事又像菜花的色味，淡远虚无，不可捉摸，只能引起惆怅。

　　人的一生，无疑是个大题目。有不少人，竭尽全力，想把它撰写成一篇宏伟的文章。我只能把它写成一篇小文章，一篇像案头菜花一样的散文。菜花也是生命，凡是生命，都可以成为文章的题目。

　　　　　　　　　　　一九八八年五月二日灯下写讫

吃菜根

人在幼年,吃惯了什么东西,到老年,还是喜欢吃。这也是一种习性。

我在幼年,是吃五谷杂粮长大的,是吃蔬菜和野菜长大的。如果说,到了现在,身居高楼,地处繁华,还不忘糠皮野菜,那有些近于矫揉造作;但有些故乡的食物,还是常常想念的,其中包括"甜疙瘩"。

甜疙瘩是油菜的根部,黄白色,比手指粗一些,肉质松软,切断,放在粥里煮,有甜味,也有一些苦味,北方农民喜食之。

蔓菁的根部,家乡也叫"甜疙瘩"。两种容易相混,其食用价值是一样的。

母亲很喜欢吃甜疙瘩,我自幼吃的机会就多了,实际上,农民是把它当作粮食看待,并非佐食材料。妻子也喜欢吃,我们到了天津,她还在菜市买过蔓菁疙瘩。

我不知道,当今的菜市,是否还有这种食物,但新的一代青年,以及他们的孩子,肯定不知其为何物,也不喜欢吃它的。所以我偶然得到一点,总是留着自己享用,绝不叫他们尝尝的。

古人常用嚼菜根，教育后代，以为菜根不只是根本，而且也是一种学问。甜味中略带一种清苦味，其妙无穷，可以著作一本"味根录"。其作用，有些近似忆苦思甜，但又不完全一样。

事实是：有的人后来做了大官，从前曾经吃过苦菜。但更多的人，吃了更多的苦菜，还是终身受苦。叫吃巧克力奶粉长大的子弟"味根"，子弟也不一定能领悟其道；能领悟其道的，也不一定就能终身吃巧克力和奶粉。

我的家乡，有一种地方戏叫"老调"，也叫"丝弦"。其中有一出折子戏叫"教学"。演的是一个教私塾的老先生，天寒失业，沿街叫卖，不停地吆喝："教书！""教书！"最后，抵挡不住饥肠辘辘，跑到野地里去偷挖人家的蔓菁。

这可能是得意的文人，写剧本奚落失意的文人。在作者看来，这真是斯文扫地了，必然是一种"失落"。因为在集市上，人们只听见过卖包子，卖馒头的吆喝声，从来没有听见过卖"教书"的吆喝声。

其实，这也是一种没有更新的观念，拿到商业机制中观察，就会成为宏观的走向。

今年冬季，饶阳李君，送了我一包油菜甜疙瘩，用山西卫君所赠棒子面煮之，真是余味无穷。这两种食品，用传统方法种植，都没有使用化肥，味道纯正，实是难得的。

一九八九年一月九日试笔

新居琐记

锁　门

过去,我几乎没有锁门的习惯。年幼时在家里,总是母亲锁门,放学回来,见门锁着进不去,在门外多玩一会就是了,也不会着急。以后在外求学,用不着锁门;住公寓,自有人代锁。再后,游击山水之间,行踪无定,抬屁股一走了事,从来也没有想过,哪里是自己的家门,当然更不会想到上锁。

进城以后,我也很少锁门,顶多在晚上把门插上就是了。

去年搬入单元房,锁门成了热话题。朋友们都说:

"千万不能大意呀,要买保险锁,进出都要碰上呀!"

劝告不能不听,但习惯一下改不掉。有一次,送客人,把门碰上了,钥匙却忘在屋里。这还不要紧,厨房里正在蒸着米饭,已有二十分钟之久,再过二十分就有饭糊、锅漏,并引起火灾的危险,但无孔可入。门外彷徨,束手无策,越想越怕,一身大汗。

后来,一下想起儿子那里还有一副钥匙,求人骑车去要了来。万幸,儿子没有外出,不然,必会有一场大难。

"把钥匙装在口袋里!"朋友们又告诫说。

好,装在裤子口袋里。有一天起床,钥匙滑出来,落在床上,没有看见,就碰上门出去了。回来一摸口袋,才又傻了眼。好在这回,屋里没有点着火,不像上次那么着急,再求人去找找儿子就是了。

"用绳子把钥匙系在腰带上!"朋友们又说。

从此,我的腰带上,就系上了一串钥匙,像传说中的齐白石一样。

每一看到我腰里拖下来的这条绳子,我就哭笑不得。我为此,着了两次大急,现在又弄成这般状态,究竟是为了什么。是因为我有了一所房子,有了自己的家门。我的家里,到底有什么宝贵的东西,值得如此戒备森严呢? 不就是那些破旧衣服,破旧家具,破旧书画吗? 这些东西,也并不是新近置买,不是多年前就有了吗?"环境不同了,时代不同了。"朋友们说。我觉得是自己和过去不同了,心理上有些变化了。

我已经停止了云游的生活,我已经失去了四大皆空的皈依,我已经返回人间世俗。总之,一把锁把我的心紧紧锁起,使它同以往的大自然,大自由,大自在,都断绝了关系。

我曾经打断身上的桎梏,现在又给自己系上了绳索。

我曾经从这里出走,现在又回到这里来了。

一九九〇年二月五日,昨日立春

民　工

搬到新住宅里，常常遇到所谓民工。他们成群结队，或是三三两两，在我住的楼下走过。其中有不少乡音，他们多是来自河北省。他们有的是建筑业，盖高楼大厦；也有的做临时小工。在旧社会，农民是很少进城市的，他们不是不想进城，是进城找不到活干。只能死守在家里，而家里又没有地种。因此，酿成种种悲剧。这是我在农村时，经常见到的。

现在城市，各行各业，都愿意用民工：听话，态度好，昼夜苦干。听说，每年挣钱不少，不少人在家里，盖了新房，娶了媳妇。

农民的活路有了，多了，我心里很高兴。

但我很少和他们交谈。因为我老了。另外，现在的农民，也不会听到乡音，就停下来，和你打招呼，表示亲近，他们已经见过大世面了。

我不常下楼，在楼上见到的，多是那些做临时活儿的民工。

他们在楼下栽了很多树，铺了大片草地，又搭了一个藤萝架，竖了山石。树，都是名贵树种，山石也很讲究，这都要花很多钱。

正在炎夏，民工们浇水很用心，很长的胶皮水管，扯来扯去。

其中有一个民工，还带着家眷。民工，四十来岁，黑红脸膛，长得粗壮，看见生人，还有些羞怯。他爱人，长得也很结实，却大方自然，什么也不在乎的样子。小男孩有六七岁了。

最初，只是民工一个人干活，老婆不是守在他的身边，就是在附近捡些破烂，例如铁丝、塑料、废纸等物。收买这些废品的小贩，也是川流不息的，她捡到一些，随手就可以换钱，给孩子买冰棍吃。那小孩却有时帮他父亲浇浇花。

我有些旧想法，原以为这个农民，可能在村里出了什么事，呆不住才携家带口，来到城市的。有一天清晨，我在马路上遇到他们，男的扛着一把铁锨走在前面，母子两人，紧跟在后，说说笑笑，上工去了。

他们睡在哪里，我不知道，夏天在这里随便就可以找到栖身之地的。中午，妇女找一片破席子，铺在马路边新栽的垂柳下面，买来几个面包，两瓶汽水，一家人吃喝休息，也是表现得很快活的。面对如流的豪华车辆，各路的人物精英，无动于衷，甚至是不屑一顾。他们是真正的自食其力者。

我想，这也是家庭，这也是天伦之乐，也不一定就比这些高楼里的住户，更多一些烦恼愁苦。

过了些日子，农妇也上班了，是拔草，提着一个破筐，把草地里的杂草拔掉，放在里面，半天也装不满一筐，这活儿是够轻松的了。

但秋天来了，我就见不到他们了，可能回家去了，也可能到别的地方干活儿去了。

一九九〇年二月七日下午

装　　修

早起，黄昏，我在楼群散步时，就常常联想起，当年走在深山峡谷的情景。那时中间是流水，周围是鸟语花香，一片寂静。现在是如流的汽车，排放着废气，此起彼落，是电焊电钻的噪声。不禁喟然叹道：毕竟是现代化了啊！

过去住大杂院，所谓干扰，不过是邻居盖小房，做家具，小孩哭闹，都属于传统性质，是习惯了的。

我不怕自然界的声响，我认为：无论雷电轰鸣，狂风怒吼，洪水暴发，山崩地裂，都是一种天籁，一种自然景观。我惟怕恶人恶声，每听到见到，必掩耳而走，退避三舍。这次搬家，有一个原因，就在于此。现在电焊电钻的声音，还有凿洋灰地的声音，一户动工，万家震动，也令人不安。

然而这是没法躲避的。人们都在装修自己的住宅。里里外外，都要装修。家家户户，都要装修。其范围甚广，其时间不一，其爱好不同。然要现代化，如装太阳能、热水器、排风扇、电话、闭路电视，则无一项不需要焊、钻。且住户是陆续搬来,人手和材料的配备有先后,有人预计:全楼群安装妥帖,定在两年以后了。

我于是大恐。春节,有一位现代化友人来访,曾与他就此事交谈,兹录其要:

主:这房不是很好吗,这不都是公产吗,为什么还要这样折腾?

客:为的住着舒适阔气啊。现在分什么公私,公也是私,私也是公。

主:过去,有很多同志,放弃瓦舍千间,奔走革命,露宿荒野,住的是泥房、草屋、山洞、地洞。现在年近就木,又何必在这低矮狭窄的小天地里,费如此大的心思呢?

客:人各有志,志有多变。不能强求。且系新潮,势难阻挡。

主:为什么在盖房时,不预先把这些东西安装好?

客:这是国情。即使都安装好,他还是要鼓捣。现代化是不断更新,无止无休的呀!

主:这里住的不都是老年人吗? 如果有人患心脏病,这种声音,他受得了吗?

客:老年人在这里,究竟还是少数,子女们多。至于患病的,那就更是个别的了。不会有人去注意。

我们的谈话,实际是不得要领。但客人说的"新潮"二字,最有启发性。新潮的到来,绝不是空谷穴风,总是有它到来的道理的。潮，总是以相反的形式，互相替代的。

明白人总是顺应新潮。弄潮儿之可贵，就在于此。

苏子曰：夫时有可否，物有废兴。方其所安，虽暴君不能废；及其既厌，虽圣人不能复。故风俗之变，法制随之。譬如江河之徙移，强而复之，则难为力。

反复斯言，我当有所醒悟了。

一九九○年二月五日下午

楼居随笔

观　垂　柳

农谚:"七九、八九,隔河观柳。"身居大城市,年老不能远行,是享受不到这种情景了。但我住的楼后面,小马路两旁,栽种的却是垂柳。

这是去年春季,由农村来的民工经手栽的。他们比城里人用心、负责,隔几天就浇一次水。所以,虽说这一带土质不好,其他花卉,死了不少;这些小柳树,经过一个冬季,经过儿童们的攀折,汽车的碰撞,骡马的啃噬,还算是成活了不少。两场春雨过后,都已经发芽,充满绿意了。

我自幼就喜欢小树。童年的春天,在野地玩,见到一棵小杏树,小桃树,甚至小槐树,小榆树,都要小心翼翼地移到自家的庭院去。但不记得有多少株成活、成材。

柳树是不用特意去寻觅的。我的家乡,多是沙土地,又好发水,柳树都是自己长出来的,只要不妨碍农活,人们就把它留了下来,它也很快就长得高大了。每个村子的周围,都有高大的柳树,这是平原的一大奇观。走在路上,四周观望,看不见村庄房舍,看到的,都是黑压压、雾沉沉的柳树。平原大地,就是柳树的天下。

柳树是一种梦幻的树。它的枝条叶子和飞絮,都是轻浮的,柔软的,缭绕、挑逗人的情怀。

这种景象,在我的头脑中,就要像梦境一样消失了。楼下的小垂柳,只能引起我短暂的回忆。

一九九〇年四月五日晨

观 藤 萝

楼前的小庭院里,精心设计了一个走廊形的藤萝架。去年夏天,五六个民工,费了很多时日,才算架起来了。然后运来了树苗,在两旁各栽种一排。树苗很细,只有筷子那样粗,用塑料绳系在架上,及时浇灌,多数成活了。

冬天,民工不见了,藤萝苗又都散落到地上,任人践踏。幸好,前天来了一群园林处的妇女,带着一捆别的爬蔓的树苗,和藤萝埋在一起,也和藤萝一块儿又系到架上去了。

系上就走了,也没有浇水。

进城初期,很多讲究的庭院,都有藤萝架。我住过的大院里,就有两架,一架方形,一架圆形,都是钢筋水泥做的,和现在观看到的一样,藤身有碗口粗,每年春天,都开很多花,然后结很多果。因为大院,不久就变成了大杂院,没人管理,又没有规章制度,藤萝很快就被作践死了,架也被人拆去,地方也被当作别用。

当时建造、种植它的人,是几多经营,藤身长到碗口粗细,也确非一日之功。一旦根断花消,也确给人以沧海桑田之感。

一件东西的成长,是很不容易的,要用很多人工、财力。一件东西的破坏,只要一个不逞之徒的私心一动,就可完事了。他们对于"化公为私",是处心积虑的,无所不为的,办法和手段,也是很多的。

近些年,有人轻易地破坏了很多已经长成的东西。现在又不得不种植新的、小的。我们失去的,是一颗道德之心。再培养这颗心,是更艰难的。

新种的藤萝,也不一定乐观。因为我看见:养苗的不管移栽,移栽的又不管死活,即使活了,又没有人认真地管理。公家之物,还是没有主儿的东西。

一九九○年四月五日晨

听 乡 音

乡音,就是水土之音。

我自幼离乡背井,稍长奔走四方,后居大城市,与五方之人杂处,所以,对于谁是什么口音,从来不大注意。自己的口音,变了多少,也不知道。只是对于来自乡下,却强学城市口音的人,听来觉得不舒服而已。

这个城市的土著口音,说不上好听,但我也习惯了。只是当“文革”期间,我们迁移到另一个居民区时,老伴忽然对我说:

“为什么这里的人,说话这样难听?”

我想她是情绪不好,加上别人对她不客气所致,因此未加可否。

现在搬到新居,周围有很多老干部,散步时,常常听到乡音。但是大家相忘江湖,已经很久了,就很少上前招呼的热情了。

我每天晚上,八点钟就要上床,其实并睡不着,有时就把收音机放在床头。有一次调整收音机,河北电台,忽然传出说西河大鼓的声音,就听了一段,说的是《呼家将》。

我幼年时,曾在本村听过半部呼延庆打擂,没有打擂,说书的就回家过年去了。现在说的是打擂以后的事,最热闹的场面,是命定听不到了。西河大鼓,是我们那里流行的一种说书,它那鼓、板、三弦的配合音响,一听就使人入迷,这也算是一种乡音。说书的是一位女艺人。

最难得的,是书说完了,有一段广告,由一位女同志广播。

她的声音,突然唤醒我对家乡的迷恋和热爱。虽然她的口音,
已经标准化,广告词也每天相同。她的广告,还是成为我一个
冬季的保留欣赏节目,每晚必听,一直到呼家将全书完毕。

这证明,我还是依恋故土的,思念家乡的,渴望听到乡
音的。

一九九〇年四月五日下午

听 风 声

楼居怕风,这在过去,是没有体会的。过去住老旧的平
房,是怕下雨。一下雨,就担心漏房。雨还是每年下,房还是
每年漏。就那么夜不安眠地,过了好些年。

现在住的是新楼,而且是墙壁甫干,街道未平,就搬进来
住了。又住中层,确是不会有漏房之忧了,高枕安眠吧。谁知
又不然,夜里听到了极可怕的风声。

春季,尤其厉害。我们的楼房,处在五条小马路的交叉
点,风无论往哪个方向来,它总要迎战两个或三个风口的风
力。加上楼房又高,距离又近,类似高山峡谷,大大增加了风
的威力。其吼鸣之声,如惊涛骇浪,实在可怕,尤其是在夜晚。

可怕,不出去也就是了,闭上眼睡觉吧!问题在于,如果
有哪一个门窗,没有上好,就有被刮开的危险。而一处洞开,

则全部窗门乱动，披衣去关，已经来不及，摔碎玻璃事小，极容易伤风感冒。

所以，每逢入睡之前，我必须检查全部门窗。

我老了，听着这种风声，是难以入睡的。

其实，这种风，如果放到平原大地上去，也不过是春风吹拂而已。我幼年时，并不怕风，春天在野地里砍草，遇到顶天立地的大旋风过来，我敢迎着上，钻了进去。

后来，我就越来越怕风了。这不是指风的实质，而是指风的象征。

在风雨飘摇中，我度过了半个世纪。风吹草动，草木皆兵。这种体验，不只在抗日，防御残暴的敌人时有，在"文革"，担心小人的暗算时也有。

我很少有安眠的夜晚，幸福的夜晚。

一九九〇年四月七日晨

故园的消失

　　土改后，老家剩下三间带耳房的北屋。举家来津后，先是生产大队放置农具，原来母亲放在屋里的一些木料和杂物，当家本院的，都拿去用了，连两条木炕沿也拆走了。但每年雨季，他们见房子坍塌漏雨，也给修理修理。后来房顶茅草丛生，房基歪斜，生产队也没有了，就没有人再愿意管它。

　　村支部书记曾给我来过一封信，说明这种情况，问我如何处理。那时外面事情很多，我心里乱糟糟，实在顾不上这些事，就写了一封回信，大意是：也不拆，也不卖，听其自然，倒了再说。

　　后来知道，这座老屋，除去有倒塌的危险，还妨碍着村里新的街道规划。"文化大革命"后不久，当捐献集资之风刮起的时候，村里来了三个人：老支书、新支书和一个老贫农团员。我先安排他们找了个旅舍住下，并说明我这里没有人做饭，给了他们三十元钱，到附近饭馆用餐。第二天上午，才开始谈话。

　　他们说村里想新建一所小学校，县里又不给拨款，所以出来找找在外地工作的同志。

我开门见山地说，建小学，每个人都有责任。从我在村里上小学时，就没有一个正规的校舍，都是借用人家的闲房闲院。可是，你们不能对我抱过高的希望。村里传说我有多少钱，那都是猜想。我没有写出很红的书，销数都不大。过去倒是存了一些稿费，"文化大革命"时，大部分都上缴了。现在老了，也写不了多少东西，稿费也很低。我说着，从书柜里拿出新出版的一本散文集，对他们说：

"这样一本书，要写一年多，人家才给八百元。你们考虑过那几间破房吗？"

"倒是考虑过。"老支书说。

我说："有两个方案：一个是我给你们两千元。一个是你们回去把旧房拆了卖了，我再给一千元。"

他们显然有些失望，同意了第二个方案。并把我给他们的饭费还给了我，说这是因公出差，回去可以报销，就告辞了。

又过了些日子，听说有报纸报道了我捐资兴学的消息，县里也来信表扬，我都认为是小题大做。后来，本乡的乡长又来了，说是想把新盖的小学，以我的名字命名。我说："别开玩笑。我拿两千块钱，就可以命名一所小学；如果拿两万，岂不是可以命名一所大学了吗？我的奉献是很微薄的，我们那里如果有个港商就好了。"

"你给题个校名吧！"乡长说。

我说:"我的字写不好,也不想写。回去找个写好字的给写一下吧。"

我送给他一本《风云初记》和一本《芸斋小说》。

这件事就结束了。至此,老家已经是空白,不再留一草一木,一砖一瓦。这标志着:父母一辈人的生活经历,生活方式,生活志趣,生活意向的结束。也是一个从无到有,又从有到无的自然过程。

但老屋也留下了一张照片,这是儿子那年出差路经我村时拍摄的。可以看到,下沉的房基,油漆剥尽的屋门,空荡透风的窗棂,房前的杂草树枝,墙边的一只觅食的母鸡。儿子并说:他拍照时,并没有碰见一个村里的人。

芸斋主人曰:余少小离家,壮年军伍。虽亦眷恋故土,实少见屋顶炊烟。中间并有有家不得归者三次,时间相加十余年。回味一生,亲人团聚之情少,生离死别之痛多。漂萍随水,转蓬随风,及至老年,萍滞蓬摧,故亦少故园之梦矣。惟祝家乡兴旺,人材辈出而已。

一九九一年五月三十日

四、乡里旧闻

度春荒

梦中每迷还乡路，

愈知晚途念桑梓。

——书衣文录

我的家乡，邻近一条大河，树木很少，经常旱涝不收。在我幼年时，每年春季，粮食很缺，普通人家都要吃野菜树叶。春天，最早出土的，是一种名叫老鸹锦的野菜，孩子们带着一把小刀，提着小篮，成群结队到野外去，寻觅剜取像铜钱大小的这种野菜的幼苗。

这种野菜，回家用开水一泼，搅上糠面蒸食，很有韧性。

与此同时出土的是苣苣菜，就是那种有很白嫩的根，带一点苦味的野菜。但是这种菜，不能当粮食吃。

以后，田野里的生机多了，野菜的品种，也就多了。有黄须菜，有扫帚苗，都可以吃。春天的麦苗，也可以救急，这是要到人家地里去偷来。

到树叶发芽，孩子们就脱光了脚，在手心吐些唾沫，上到树上去。榆叶和榆钱，是最好的菜。柳芽也很好。在大荒之年，我吃过杨花。就是大叶杨春天抽出的那种穗子一样的花。这种东西，是不得已而吃之，并且很费事，要用水浸好几遍，再上锅蒸，味道是很难闻的。

在春天，田野里跑着无数的孩子们，是为饥饿驱使，也为新的生机驱使，他们漫天漫野地跑着，寻视着，欢笑并打闹，追赶和竞争。

春风吹来，大地苏醒，河水解冻，万物孳生，土地是松软的，把孩子们的脚埋进去，他们仍然欢乐地跑着，并不感到跋涉。

清晨，还有露水，还有霜雪，小手冻得通红，但不久，太阳出来，就感到很暖和，男孩子们都脱去了上衣。

为衣食奔波，而不大感到愁苦的，只有童年。

我的童年，虽然也常有兵荒马乱，究竟还没有遇见大灾荒，像我后来从历史书上知道的那样。这一带地方，在历史上，特别是新旧五代史上记载，人民的遭遇是异常悲惨的。因为战争，因为异族的侵略，因为灾荒，一连很多年，在书本上写着：人相食；析骨而焚；易子而食。

战争是大灾荒、大瘟疫的根源。饥饿可以使人疯狂，可以使人死亡，可以使人恢复兽性。曾国藩的日记里，有一页记的是太平天国战争时，安徽一带的人肉价目表。我们的民族，经历了比噩梦还可怕的年月！

日本帝国主义的侵略，以战养战，三光政策，是很野蛮很残酷的。但是因为共产党记取历史经验，重视农业生产，村里虽然有那么多青年人出去抗日，每年粮食的收成，还是能得到保证。党在这一时期，在农村实行合理负担的政策。地主富农，占有大部分土地，虽然对这种政策，心里有些不满，他们还是积极经营的。抗日期间，我曾住在一家地主家里，他家的大儿子对我说："你们在前方努力抗日，我们在后方努力碾米。"

在八年抗日战争中，我们成功地避免了"大兵之后，必有凶年"的可怕遭遇，保证了抗日战争的胜利。

一九七九年十二月

凤池叔

凤池叔就住我家的前邻。在我幼年时,他盖了三间新的砖房。他有一个叔父,名叫老亭。在本地有名的联庄会和英法联军交战时,他伤了一只眼,从前线退了下来,小队英国兵追了下来,使全村遭了一场浩劫,有一名没有来得及逃走的妇女,被鬼子轮奸致死。这位妇女,死后留下了不太好的名声,村中的妇女们说:她本来可以跑出去,可是她想发洋人的财,结果送了命。其实,并不一定是如此的。

老亭受了伤,也没有留下什么英雄的称号,只是从此名字上加了一个字,人们都叫他瞎老亭。

瞎老亭有一处宅院,和凤池叔紧挨着,还有三间土坯北房。他为人很是孤独,从来也不和人们来往。我们住得这样近,我也不记得在幼年时,到他院里玩耍过,更不用说到他的屋子里去了。我对他那三间住房,没有丝毫的印象。

但是,每逢从他那低矮颓破的土院墙旁边走过时,总能看到,他那不小的院子里,原是很吸引儿童们的注意的。他的院里,有几棵红枣树,种着几畦瓜菜,有几只鸡跑着,其中那只大红公鸡,特别雄壮而美丽,不住声趾高气扬地啼叫。

瞎老亭总是一个人坐在他的北屋门口。他呆呆地直直地坐着,坏了的一只眼睛紧紧闭着,面容愁惨,好像总在回忆着什么不愉快的事。这种形态,儿童们一见,总是有点害怕的,不敢去接近他。

我特别记得,他的身旁,有一盆夹竹桃,据说这是他最爱惜的东西。这是稀有植物,整个村庄,就他这院里有一棵,也正因为有这一棵,我很早就认识了这种花树。

村里的人,也很少有人到他那里去。只有他前邻的一个寡妇,常到他那里,并且半公开地,在夜间和他做伴。

这位老年寡妇,毫不隐讳地对妇女们说:

"神仙还救苦救难哩,我就是这样,才和他好的。"

瞎老亭死了以后,凤池叔以亲侄子的资格,继承了他的财产。拆了那三间土坯北房,又添上些钱,在自己的房基上,盖了三间新的砖房。那时,他的母亲还活着。

凤池叔是独生子,他的父亲是怎样一个人,我完全不记得,可能死得很早。凤池叔长得身材高大,仪表非凡,他总是穿着整整齐齐的长袍,步履庄严地走着。我时常想,如果他的运气好,在军队上混事,一定可以带一旅人或一师人。如果是个演员,扮相一定不亚于武生泰斗杨小楼那样威武。

可是他的命运不济。他一直在外村当长工。行行出状元,他是远近知名的长工:不只力气大,农活精,赶车尤其拿手。他赶几套的骒马，总是有条不紊，他从来也不像那些粗劣的驭手，随便鸣鞭、吆喝，以至虐待折磨牲畜。他总是若无其事地把鞭子抱在袖筒里，慢条斯理地抽着烟，不动声色，就完成了驾驭的任务。这一点，是很得地主们的赏识的。

但是，他在哪一家也呆不长久，最多二年。这并不是说他犯有那种毛病：一年勤，二年懒，三年就把当家的管。主要是他太傲慢，从不低声下气。另外，车马不讲究他不干，哪一个牲口不出色，不依他换掉，他也不干。另外，活当然干得出色，但也只是大秋大麦之时，其余时间，他好参与赌博，交结妇女。

因此，他常常失业家居。有一年冬天，他在家里闲着，年景又不好，村里的人都知道他没有吃的了，有些本院的长辈，出于怜悯，问他：

"凤池，你吃过饭了吗？"

"吃了！"他大声地回答。

"吃的什么？"

"吃的饺子！"

他从来也不向别人乞求一口饭，并绝对不露出挨饥受饿的样子，也从不偷盗，穿着也从不减退。

到过他的房间的人，知道他是家徒四壁，什么东西也卖光了的。

不知从哪里来了一个女的，藏在他的屋里，最初谁也不知道。一天夜间，这个妇女的本夫带领一些乡人，找到这里，破门而入。凤池叔从炕上跃起,用顶门大棍,把那个本夫,打了个头破血流,一群人慑于威势,大败而归,沿途留下不少血迹。那个妇女也呆不住,从此不知下落。

凤池叔不久就卖掉了他那三间北房。土改时,贫民团又把这房分给了他。在他死以前,他又把它卖掉了,才为自己出了一个体面的、虽属光棍但谁都乐于帮忙的殡,了此一生。

一九七九年十二月

干 巴

在这个小小的村庄里,干巴要算是最穷最苦的人了。他的老婆,前几年,因为产后没吃的死去了,留下了一个小孩。最初,人们都说是个女孩,并说她命硬,一下生就把母亲克死了。过了两三年,干巴对人们说,他的孩子不是女孩,是个男孩,并给他起了个名字,叫小变儿。

干巴好不容易按照男孩子把他养大,这孩子也渐渐能帮助父亲做些事情了。他长得矮弱瘦小,可也能背上一个小筐,到野地里去拾些柴禾和庄稼了。其实,他应该和女孩子们一块去玩耍、工作。他在各方面,都更像一个女孩子。但是,干巴一定叫他到男孩子群里去。男孩子是很淘气的,他们常常跟小变儿起哄,欺侮他:

"来,小变儿,叫我们看看,又变了没有?"

有时就把这孩子逗哭了。这样,他的性情、脾气,在很小的时候,就发生了变态:孤僻,易怒。他总是一个人去玩,到其他孩子不乐意去的地方拾柴、捡庄稼。

这个村庄,每年夏天,好发大水,水撒了,村边一些沟里、坑里,水还满满的。每天中午,孩子们好聚到那里凫水,那是非常高兴和热闹的场面。

每逢小变儿走近那些沟坑,在其中游泳的孩子们,就喊:

"小变儿,脱了裤子下水吧!来,你不敢脱裤子!"

小变儿就默默地离开了那里。但天气实在热,他也实在愿意到水里去洗洗玩玩。有一天,人们都回家吃午饭了,他走到很少有人去的村东窑坑那里,看看四处没有人,脱了衣服跳进去。这个坑的水很深,一下就没了顶,他喊叫了两声,没有人听见,这个孩子就淹死了。

这样,干巴就剩下孤身一人,没有了儿子。

他现在什么也没有了,他没有田地,也可以说没有房屋,他那间小屋,是很难叫作房屋的。他怎样生活?他有什么职业呢?

冬天,他就卖豆腐,在农村,这几乎可以不要什么本钱。秋天,他到地里拾些黑豆、黄豆,即使他在地头地脑偷一些,人们都知道他寒苦,也都睁一个眼,闭一个眼,不忍去说他。

他把这些豆子,做成豆腐,每天早晨挑到街上,敲着梆子,顾客都是拿豆子来换,很快就卖光了。自己吃些豆腐渣,这个冬天,也就过去了。

在村里,他还从事一种副业,也可以说是业余的工作。那时代,农村的小孩子,死亡率很高。有的人家,连生五六个,一个也养不活。不用说那些大病症,比如说天花、麻疹、伤寒,可以死人；就是这些病症，比如抽风、盲肠炎、痢疾、百日咳，小孩子得上了，也难逃个活命。

母亲们看着孩子死去了，掉下两点眼泪，就去找干巴，叫他帮忙把孩子埋了去。干巴赶紧放下活计，背上铁铲，来到这家，用一片破炕席或一个破席锅盖，把孩子裹好，夹在腋下，安慰母亲一句：

"他婶子，不要难过。我把他埋得深深的，你放心吧！"

就走到村外去了。

其实，在那些年月，母亲们对死去一个不成年的孩子，也不很伤心，视若平常。因为她们在生活上遇到的苦难太多，孩子们累得她们也够受了。

事情完毕，她们就给干巴送些粮食或破烂衣服去，酬谢他的帮忙。

这种工作，一直到干巴离开人间，成了他的专利。

一九七九年十二月

木匠的女儿

这个小村庄的主要街道,应该说是那条东西街,其实也不到半里长。街的两头,房舍比较整齐,人家过的比较富裕,接连几户都是大梢门。

进善家的梢门里,分为东西两户,原是兄弟分家,看来过去的日子,是相当势派的,现在却都有些没落了。进善的哥哥,幼年时念了几年书,学得文不成武不就,种庄稼不行,只是练就一笔好字,村里有什么文书上的事,都是求他。也没有多少用武之地,不过红事喜帖,白事丧榜之类。进善幼年就赶上日子走下坡路,因此学了木匠,在农村,这一行业也算是高等的,仅次于读书经商。

他是在束鹿旧城学的徒。那里的木匠铺,是远近几个县都知名的,专做嫁妆活。凡是地主家聘姑娘,都先派人丈量男家居室,陪送木器家具。只有内间的叫作半套,里外两间都有的叫作全套。原料都是杨木,外加大漆。

学成以后,进善结了婚,就回家过日子来了。附近村庄人家有些零星木活,比如修整梁木、打做门窗、成全棺材,就请他去做,除去工钱,饭食都是好的,每顿有两盘菜,中午一顿还有酒喝。闲时还种几亩田地,不误农活。

可是,当他有了一儿一女以后,他的老婆因为过于劳累,得肺病死去了。当时两个孩子还小,请他家的大娘带着,过不了几年,这位大娘也得了肺病,死去了。进善就得自己带着两个孩子,这样一来,原来很是精神利索的进善,就一下变得愁眉不展,外出做活也不方便,日子也就越来越困难了。

女儿是头大的,名叫小杏。当她还不到十岁,就帮着父亲做事了,十四五岁的时候,已经出息得像个大人。长得很俊俏,眉眼特别秀丽,有时在梢门口大街上一站,身边不管有多少和她年岁相仿的女孩儿们,她的身条容色,都是特别引人注目的。

贫苦无依的生活,在旧社会,只能给女孩子带来不幸。越长得好,其不幸的可能就越多。她们那幼小的心灵,先是向命运之神应战,但多数终归屈服于它。在绝望之余,她从一面小破镜中,看到了自己的容色,她现在能够仰仗的只有自己的青春。

她希望能找到一门好些的婆家,但等她十七岁结了婚,不只丈夫不能叫她满意,那位刁钻古怪的婆婆,也实在不能令人忍受。她上过一次吊,被人救了下来,就长年住在父亲家里。

虽然这是一个不到一百户的小村庄,但它也是一个社会。它有贫穷富贵,有尊荣耻辱,有士农工商,有兴亡成败。

进善常去给富裕人家做活,因此结识了那些人家的游手好闲的子弟。其中有一家在村北头开油坊的少掌柜,他常到进善家来,有时在夜晚带一瓶子酒和一只烧鸡,两个人喝着酒,他撕一些鸡肉叫小杏吃。不久,就和小杏好起来。赶集上庙,两个人约好在背静地方相会,少掌柜给她买个烧饼裹肉,或是买两双袜子送给她。虽说是少女的纯洁,虽说是廉价的爱情,这里面也有倾心相与,也有引诱抗拒,也有风花雪月,也有海誓山盟。

女人一旦得到依靠男人的体验,胆子就越来越大,羞耻就越来越少。就越想去依靠那钱多的,势力大的,这叫做一步步往上依靠,灵魂一步步往下堕落。

她家对门有一位在县里当教育局长的,她和他靠上了,局长回家,就住在她家里。

一九三七年,这一带的国民党政府逃往南方,局长也跟着走了。成立了抗日县政府,组织了抗日游击队。抗日县长常到这村里来,有时就在进善家吃饭住宿。日子长了,和这一家人都熟识了,小杏又和这位县长靠上,她的弟弟给县长当了通讯员,背上了盒子枪。

一九三八年冬天,日本人占据了县城。屯集在河南省的国民党军队张荫梧部,正在实行曲线救国,配合日军,企图消灭八路军。那位局长,跟随张荫梧多年了,有一天,又突然回到了村里。他回到村庄不多几天,县城的日军和伪军,"扫荡"了这个村庄,把全村的男女老少集合到大街上,在街头一棵槐树上,烧死了抗日村长。日本人在各家搜索时,在进善的女儿房中，搜出一件农村少有的雨衣，就吊打小杏，小杏说出是那位局长穿的，日本人就不再追究，回县城去了。日本人走时，是在黄昏，人们惶惶不安地刚吃过晚饭，就听见街上又响起枪来。随后，在村东野外的高沙岗上，传来了局长呼救的声音。好像他被绑了票，要乡亲们快凑钱搭救他。深夜，那声音非常凄厉。这时，街上有几个人影，打着灯笼，挨家挨户借钱，家家都早已插门闭户了。交了钱，并没得买下局长的命，他被枪毙在高岗之上。

有人说，日本这次"扫荡"，是他勾引来的，他的死刑是"老八"执行的。他一回村，游击组就向上级报告了。可是，如果他不是迷恋小杏，早走一天，可能就没事……

日本人四处安插据点，在离这个村庄三里地的子文镇，盖了一个炮楼，形势一天比一天紧张，我们的主力西撤了。汉奸活跃起来，抗日政权转入地下，抗日县长，只能在夜间转移。抗日干部被捕的很多，有的叛变了。有人在夜里到小杏家，找县长，并向他劝降。这位不到二十岁的县长，本来是个纨绔子弟，经不起考验，但他不愿明目张胆地投降日本，通过亲戚朋友，到敌占区北平躲身子去了。

小杏的弟弟，经过一些坏人的引诱怂恿，带着县长的两支枪，投降了附近的炮楼，当了一名伪军。他是个小孩子，每天在炮楼下站岗，附近三乡五里，都认识他，他却坏下去得很快，敲诈勒索，以至奸污妇女。他那好吃懒做的大伯，也仗着侄儿的势力,在村中不安分起来。在一九四三年以后,根据地形势稍有转机时,八路军夜晚把他掏了出来,枪毙示众。

小杏在二十几岁上,经历了这些生活感情上的走马灯似的动乱、打击,得了她母亲那样致命的疾病,不久就死了。她是这个小小村庄的一代风流人物。在烽烟炮火的激荡中,她几乎还没有来得及觉醒,她的花容月貌,就悄然消失,不会有人再想到她。

进善也很快就老了。但他是个乐天派,并没有倒下去。一九四五年,抗日战争胜利,县里要为死难的抗日军民,兴建一座纪念塔,在四乡搜罗能工巧匠。虽然他是汉奸家属,但本人并无罪行。村里推荐了他,他很高兴地接受了雕刻塔上飞檐门窗的任务。这些都是木工细活,附近各县,能有这种手艺的人,已经很稀少了。塔建成以后,前来游览的人,无不对他的工艺啧啧称赞。

工作之暇,他也去看了看石匠们,他们正在叮叮当当,在大石碑上,镌刻那些抗日烈士的不朽芳名。

回到家来,他孤独一人,不久就得了病,但人们还常见他拄着一根木棍出来,和人们说话。不久,村里进行土地改革,他过去相好那些人,都被划成地主或富农,他也不好再去找他们。又过了两年,才死去了。

一九八〇年九月二十一日晨

老 刁

老刁,河北深县人。他从小在外祖父家长大,外祖父家是安平县。他在保定育德中学读书时,就把安平人引为同乡。我比他低两年级,他对幼小同乡,尤其热情。他有一条腿不大得劲,长得又苍老,那时人们就都叫他老刁。

他在育德中学的师范班毕业以后,曾到安新冯村,教过一年书,后来到北平西郊的黑龙潭小学教书。那时我正在北平失业,曾抱着一本新出版的《死魂灵》,到他那里住了两天。

有一年暑假,我们为了找职业都住在保定母校的招待楼里,那是一座碉堡式的小楼。有一天,他同另一位同学出去,回来时,非常张惶,说是看见某某同学被人捕去了。那时捕去的学生,都是共产党。

过了几年,爆发了抗日战争。一九三九年春天,我同陈肇同志,要过路西去,在安平县西南地区,遇到了他。当听说他是安平县的"特委"时,我很惊异。我以为他还在北平西郊教书,他怎么一下子弄到这么显赫的头衔。那时我还不是党员,当然不便细问。因为过路就是山地,我同老陈把我们骑来的自行车交给他,他给了我们一人五元钱,可见他当时经济上的困难。

那一次,我只记得他说了一句:

"游击队正在审人打人,我在那里坐不住。"

敌人占了县城,我想可能审讯的是汉奸嫌疑犯吧。

一九四一年,我从山地回到冀中。第二年春季,我又要过路西去,在七地委的招待所,见到了他。当时他好像很不得意,在我的住处坐了一会儿就走了。这也使我很惊异,怎么他一下又变得这么消沉?

一九四六年夏天,抗日战争早已结束,我住在河间临街的一间大梢门洞里。有一天下午,我正在街上闲立着,从西面来了一辆大车,后面跟着一个人,脚一拐一拐的,一看正是老刁。我把他拦请到我的床位上,请他休息一下。记得他对我说,要找一个人,给他写个历史证明材料。他问我知道不知道安志诚先生的地址,安先生原是我们的中学时的图书馆管理员。我说,我也不知道他的住处,他就又赶路去了,我好像也忘记问他,是要到哪里去。看样子,他在一直受审查吗?

又一次我回家,他也从深县老家来看我,我正想要和他谈谈,正赶上我母亲那天叫磨扇压了手,一家不安,他匆匆吃过午饭就告辞了。我往南送他二三里路,他的情绪似乎比上两次好了一些。他说县里可能分配他工作。后来听说,他在县公安局三股工作,我不知道公安局的分工细则,后来也一直没有见过他。没过两年，就听说他去世了。也不过四十来岁吧。

我的老伴对我说过，抗日战争时期，我不在家，有一天老刁到村里来了，到我家看了看，并对村干部们说，应该对我的家庭，有些照顾。他带着一个年轻女秘书，老刁在炕上休息，头枕在女秘书的大腿上。老伴说完笑了笑。一九四八年，我到深县县委宣传部工作。县里开会时，我曾托区干部对老刁的家庭，照看一下。我还曾路过他的村庄，到他家里去过一趟。院子里空荡荡的，好像并没有找到什么人。

事隔多年，我也行将就木，觉得老刁是个同学又是朋友，常常想起他来，但对他参加革命的前前后后，总是不大清楚，像一个谜一样。

一九八〇年九月二十一日晚

菜　虎

东头有一个老汉，个儿不高，膀乍腰圆，卖菜为生。人们都叫他菜虎，真名字倒被人忘记了。这个虎字，并没有什么恶意，不过是说他以菜为衣食之道罢了。他从小就干这一行，头一天推车到滹沱河北种菜园的村庄趸菜，第二天一早，又推上车子到南边的集市上去卖。因为南边都是旱地种大田，青菜很缺。

那时用的都是独木轮高脊手推车，车两旁捆上菜，青枝绿叶，远远望去，就像一个活的菜畦。

一车水菜分量很重，天暖季节他总是脱掉上衣，露着油黑的身子，把绊带套在肩上。遇见沙土道路或是上坡，他两条腿叉开，弓着身子，用全力往前推，立时就是一身汗水。但如果前面是硬整的平路，他推得就很轻松愉快了，空行的人没法赶过他去。也不知道他怎么弄的，那车子发出连续的有节奏的悠扬悦耳的声音——吱扭——吱扭——吱扭扭——吱扭扭。他的臀部也左右有节奏地摆动着。这种手推车的歌，在我幼年的记忆中，留下了深刻的印象。这是田野里的音乐，是道路上的歌,是充满希望的歌。有时这种声音,从几里地以外就能听到。他的老伴,坐在家里,这种声音从离村很远的路上传来。有人说,菜虎一过河,离家还有八里路,他的老伴就能听见他推车的声音,下炕给他做饭,等他到家,饭也就熟了。在黄昏炊烟四起的时候,人们一听到这声音,就说:"菜虎回来了。"

有一年七月,滹沱河决口,这一带发了一场空前的洪水,庄稼全都完了,就是半生半熟的高粱,也都冲倒在地里,被泥水浸泡着。直到九十月间,已经下过霜,地里的水还没有撤完,什么晚庄稼也种不上,种冬麦都有困难。这一年的秋天,颗粒不收,人们开始吃村边树上的残叶,剥下榆树的皮,到泥里水里捞泥高粱穗来充饥,有很多小孩到撤过水的地方去挖地梨,还挖一种泥块,叫做"胶泥沉儿",是比胶泥硬,颜色较白的小东西,放在嘴里吃。这原是营养植物的,现在用来营养人。

人们很快就干黄干瘦了,年老有病的不断死亡,也买不到棺木,都用席子裹起来,找干地方暂时埋葬。

那年我七岁,刚上小学,小学也因为水灾放假了,我也整天和孩子们到野地里去捞小鱼小虾,捕捉蚂蚱、蝉和它的原虫,寻找野菜,寻找所有绿色的、可以吃的东西。常在一起的,就有菜虎家的一个小闺女,叫做盼儿的。因为她母亲有痨病,长年喘嗽,这个小姑娘长得很瘦小,可是她很能干活,手脚利索,眼快;在这种生活竞争的场所,她常常大显身手,得到较多较大的收获,这样就会有争夺,比如一个蚂蚱、一棵野菜,是谁先看见的。

孩子们不懂事,有时问她:

"你爹叫菜虎,你们家还没有菜吃? 还挖野菜?"

她手脚不停地挖着土地,回答:

"你看这道儿,能走人吗? 更不用说推车了,到哪里去趸菜呀? 一家人都快饿死了!"

孩子们听了,一下子就感到确实饿极了,都一屁股坐在泥地上,不说话了。

忽然在远处高坡上,出现了几个外国人,有男有女,男的穿着中国式的长袍马褂,留着大胡子,女的穿着裙子,披着金黄色的长发。

"鬼子来了。"孩子们站起来。

作为庚子年这一带义和团抗击洋人失败的报偿,外国人在往南八里地的义里村,建立了一座教堂,但这个村庄没有一家在教。现在这些洋人是来视察水灾的。他们走了以后,不久在义里村就设立了一座粥厂。村里就有不少人到那里去喝粥了。

又过了不久,传说菜虎一家在了教。又有一天,母亲回到家来对我说:

"菜虎家把闺女送给了教堂,立时换上了洋布衣裳,也不愁饿死了。"

我当时听了很难过,问母亲:

"还能回来吗?"

"人家说,就要带到天津去呢,长大了也可以回家。"母亲回答。

可是直到我离开家乡,也没见这个小姑娘回来过。我也不知道外国人一共收了多少小姑娘,但我们这个村庄确实就只有她一个人。

菜虎和他多病的老伴早死了。

现在农村已经看不到菜虎用的那种小车,当然也就听不到它那种特有的悠扬悦耳的声音了。现在的手推车都换成了胶皮轱辘,推动起来,是没有多少声音的。

一九八〇年九月二十九日晨

光　棍

幼年时,就听说大城市多产青皮、混混儿,斗狠不怕死,在茫茫人海中成为谋取生活的一种道路。但进城后,因为革命声势,此辈已销声敛迹,不能见其在大庭广众之中,行施其伎俩。十年动乱之期,流氓行为普及里巷,然已经"发迹变态",似乎与前所谓混混儿者,性质已有悬殊。

其实,就是在乡下,也有这种人物的。十里之乡,必有仁义,也必有歹徒。乡下的混混儿,名叫光棍。一般的,这类人幼小失去父母,家境贫寒,但长大了,有些聪明,不甘心受苦。他们先从赌博开始,从本村赌到外村,再赌到集市庙会。他们能在大戏台下,万人围聚之中,吆三喝四,从容不迫,旁若无人,有多大的输赢,也面不改色。当在赌场略略站住脚步,就能与官面上勾结,也可能当上一名巡警或是衙役。从此就可以包办赌局,或窝藏娼妓。这是顺利的一途。其在赌场失败者,则可以下关东,走上海,甚至报名当兵,在外乡流落若干年,再回到乡下来。

我的一个远房堂兄,幼年随人到了上海,做织布徒工。失业后,没有饭吃,他趸了几个西瓜到街上去卖,和人争执起来,他手起刀落,把人家头皮砍破,被关押了一个月。出来后,在上海青红帮内,也就有了小小的名气。但他究竟是一个农民,家里还有一点点恒产,不到中年就回家种地,也娶妻生子,在村里很是安分。这是偶一尝试,又返回正道的一例,自然和他的祖祖辈辈的"门风"有关。

在大街当中,有一个光棍名叫老索,他中年时官至县城的巡警,不久废职家居,养了一笼画眉。这种鸟儿,在乡下常常和光棍作伴,可能它那种霸气劲儿,正是主人行动的陪衬。

老索并不鱼肉乡里,也没人去招惹他。光棍一般并不在本村为非作歹,因为欺压乡邻,将被人瞧小起,已经够不上光棍的称号。但是,到外村去闯光棍,也不是那么容易。相隔一里地的小村庄,有一个姓曹的光棍,老索和他有些输赢账。有一天,老索喝醉了,拿了一把捅猪的长刀,找到姓曹的门上。声言:"你不还账,我就捅了你。"姓曹的听说,立时把上衣一脱,拍着肚脐说:"来,照这个地方。"老索往后退了一步,说:"要不然,你就捅了我。"姓曹的二话不说,夺过他的刀来就要下手。老索转身往自己村里跑,姓曹的一直追到他家门口。乡亲拦住,才算完事。从这一次,老索的光棍,就算"栽了"。

他雄心不死,他把希望寄托在下一代,他生了三个儿子,起名虎、豹、熊。姓曹的光棍穷得娶不上妻子,老索希望他的儿子能重新建立他失去的威名。

　　三儿子很早就得天花死去了,少了一个熊。大儿子到了二十岁,娶了一门童养媳,二儿子长大了,和嫂子不清不楚。有一天,弟兄两个打起架来,哥哥拿着一根粗大杠,弟弟用一把小鱼刀,把哥哥刺死在街上。在乡下,一时传言,豹吃了虎。村里怕事,仓促出了殡,民不告,官不究,弟弟到关东去躲了二年,赶上抗日战争,才回到村来。他真正成了一条光棍。那时村里正在成立农会,声势很大,村两头闹派性,他站在西头一派,有一天,在大街之上,把新任的农会主任,撞倒在地。在当时,这一举动,完全可以说成是长地富的威风,但一查他的三代,都是贫农,就对他无可奈何。我们有很长时期,是以阶级斗争代替法律的。他和嫂嫂同居,一直到得病死去。他嫂子现在还活着,有一年我回家,清晨路过她家的小院,看见她开门出来,风姿虽不及当年,并不见有什么愁苦。

　　这也是一种门风,老索有一个堂房兄弟名叫五湖。我幼年时,他在街上开小面铺,兼卖开水。他用竹簪把头发盘在头顶上,就像道士一样。他养着一匹小毛驴,就像大个山羊那么高,但鞍镫铃铛齐全,打扮得很是漂亮。我到外地求学,曾多次向他借驴骑用。

　　面铺的后边屋子里,住着他的寡嫂。那是一位从来也不到屋子外面的女人,她的房间里,一点光线也没有。她信佛,挂着红布围裙的迎门桌上,长年香火不断。这可能是避人耳目,也可能是忏悔吧。

据老年人说，当年五湖也是因为这个女人把哥哥打死的，也是到关东躲了几年，小毛驴就是从那里骑回来的。五湖并不像是光棍，他一本正经，神态岸然，倒像经过修真养性的人。乡人尝谓：如果当时有人告状，五湖受到法律制裁，就不会再有虎豹间的悲剧。

一九八〇年十月五日

外祖母家

外祖母家是彪冢村,在滹沱河北岸,离我们家有十四五里路。当我初上小学,夜晚温书时,母亲给我讲过这样一个故事:母亲姐妹四人,还有两个弟弟,母亲是最大的。外祖父和外祖母,只种着三亩当来的地,一家八口人,全仗着织卖土布生活。外祖母、母亲、二姨,能上机子的,轮流上机子织布。三姨、四姨,能帮着经、纺的,就帮着经、纺。人歇马不歇,那张停放在外屋的木机子,昼夜不闲着,这个人下来吃饭,那个人就上去织。外祖父除种地外,每个集日(郎仁镇)背上布去卖,然后换回线子或是棉花,赚的钱就买粮食。

母亲说,她是老大,她常在夜间织,机子上挂一盏小油灯,每每织到鸡叫。她家东邻有个念书的,准备考秀才,每天夜里,大声念书,声闻四邻。母亲说,也不知道他念的是什么书,只听着隔几句,就"也"一声,拉的尾巴很长,也是一念就念到鸡叫。可是这个人念了多少年,也没有考中。正像外祖父一家,织了多少年布,还是穷一样。

母亲给我讲这个故事,当时我虽然不明白,其目的是为了什么,但给我留下很深的印象,一生也没有忘记。是鼓励我用功吗?好像也没有再往下说。是回忆她出嫁前的艰难辛苦的生活经历吧。

这架老织布机,我幼年还见过,烟熏火燎,通身变成黑色的了。

外祖父的去世,我不记得。外祖母去世的时候,我记得大舅父已经下了关东。二舅父十几岁上就和我叔父赶车拉脚。后来遇上一年水灾,叔父又对父亲说了一些闲话,我父亲把牲口卖了,二舅父回到家里,没法生活。他原在村里和一个妇女相好,女的见从他手里拿不到零用钱,就又和别人好去了。二舅父想不开,正当年轻,竟悬梁自尽。

大舅父在关东混了二十多年,快五十岁才回到家来。他还算是本分的,省吃俭用,带回一点钱,买了几亩地,娶了一个后婚,生了一个儿子。

大舅父在关外学会打猎,回到老家,他打了一条鸟枪,春冬两闲,好到野地里打兔子。他枪法很准,有时串游到我们村庄附近,常常从他那用破布口袋缝成的挂包里,掏出一只兔子,交给姐姐。母亲赶紧给他去做些吃食,他就又走了。

他后来得了抽风病。有一天出外打猎,病发了,倒在大道上,路过的人,偷走了他的枪支。他醒过来,又急又气,从此竟一病不起。

我记得二姨母最会讲故事,有一年她住在我家,母亲去看外祖母,夜里我哭闹,她给我讲故事,一直讲到母亲回来,她的丈夫，也下了关东，十几年后，才叫她带着表兄找上去。后来一家人，在那里落了户。现在已经是人口繁衍了。

一九八二年五月三十日

瞎　周

我幼小的时候，我家住在这个村庄的北头。门前一条南北大车道，从我家北墙角转个弯，再往前去就是野外了。斜对门的一家，就是瞎周家。

那时，瞎周的父亲还活着，我们叫他和尚爷。虽叫和尚，他的头上却留着一个"毛刷"，这是表示，虽说剪去了发辫，但对前清，还是不能忘怀的。他每天拿一个小板凳，坐在门口，默默地抽着烟，显得很寂寞。

他家的房舍，还算整齐，有三间砖北房，两间砖东房，一间砖过道，黑漆大门。西边是用土墙围起来的一块菜园，地方很不小。园子旁边，树木很多。其中有一棵臭椿树，这种树木虽说并不名贵，但对孩子们吸引力很大。每年春天，它先挂牌子，摘下来像花朵一样，树身上还长一种黑白斑点的小甲虫，名叫"椿象"，捉到手里，很好玩。

听母亲讲，和尚爷，原有两个儿子，长子早年去世了。次子就是瞎周。他原先并不瞎，娶了媳妇以后，因为婆媳不和，和他父亲分了家，一气之下，走了关东。临行之前，在庭院中，大喊声言：

"那里到处是金子，我去发财回来，天天吃一个肉丸的、顺嘴流油的饺子，叫你们看看。"

谁知出师不利，到关东不上半年，学打猎，叫火枪伤了右眼，结果两只眼睛都瞎了。同乡们凑了些路费，又找了一个人把他送回来。这样来回一折腾，不只没有发了财，还欠了不少债，把仅有的三亩地，卖出去二亩。村里人都当作笑话来说，并且添油加醋，说哪里是打猎，打猎还会伤了自己的眼？是当了红胡子，叫人家对面打瞎的。这是他在家不行孝的报应，是生分畜类孩子们的样子！

为了生活，他每天坐在只铺着一张席子的炕上，在裸露的大腿膝盖上，搓麻绳。这种麻绳很短很细，是穿铜钱用的，就叫钱串儿。每到集日，瞎周挂上一根棍子，拿了搓好的麻绳，到集市上去卖了，再买回原麻和粮食。

他不像原先那样活泼了。他的两条眉毛，紧紧锁在一起，脑门上有一条直直立起的粗筋暴露着。他的嘴唇，有时咧开，有时紧紧闭着。有时脸上的表情像是在笑，更多的时候像是要哭。

他很少和人谈话，别人遇到他，也很少和他打招呼。

他的老婆，每天守着他，在炕的另一头纺线。他们生了一个男孩。岁数和我相仿。

我小时到他们屋里去过，那屋子里因为不常撩门帘，总有那么一种近于狐臭的难闻的味道。有个大些的孩子告诉我，说是如果在歇晌的时候，到他家窗前去偷听，可以听到他两口子"办事"。但谁也不敢去偷听，怕遇到和尚爷。

瞎周的女人，给我留下的印象，有些像鲁迅小说里所写的豆腐西施。她在那里站着和人说话，总是不安定，前走两步，又后退两步。所说的话，就是小孩子也听得出来，没有丝毫的诚意。她对人没有同情，只会幸灾乐祸。

和尚爷去世以前，瞎周忽然紧张了起来，他为这一桩大事，心神不安。父亲的产业，由他继承，是没有异议或纷争的。只是有一个细节，议论不定。在我们那里，出殡之时，孝子从家里哭着出来，要一手打幡，一手提着一块瓦，这块瓦要在灵前摔碎，摔得越碎越好。不然就会有许多说讲。管事的人们，担心他眼瞎，怕瓦摔不到灵前放的那块石头上，那会大杀风景，不吉利，甚至会引起哄笑。有人建议，这打幡摔瓦的事，就叫他的儿子去做。

瞎周断然拒绝了，他说有他在，这不是孩子办的事。这是他的职责，他的孝心，一定会感动上天，他一定能把瓦摔得粉碎。至于孩子，等他死了，再摔瓦也不晚。

他大概默默地做了很多次练习和准备工作，到出殡那天，果然，他一摔中的，瓦片摔得粉碎。看热闹的人们，几几乎忍不住要拍手叫好。瞎周心里的洋洋得意，也按捺不住，形之于外了。

他什么时候死去的,我因为离开家乡,就不记得了。他的女人现在也老了,也胡涂了。她好贪图小利,又常常利令智昏。有一次,她从地里拾庄稼回来,走到家门口,遇见一个人,抱着一只鸡,对她说:

"大娘,你买鸡吗?"

"俺不买。"

"便宜呀,随便你给点钱。"

她买了下来,把鸡抱到家,放到鸡群里面,又撒了一把米。

等到儿子回来,她高兴地说:

"你看,我买了一只便宜鸡。真不错,它和咱们的鸡,还这样合群儿。"

儿子过来一看说:

"为什么不合群? 这原来就是咱家的鸡么! 你遇见的是一个小偷。"

她的儿子,抗日刚开始,也干了几天游击队,后来一改编成八路军,就跑回来了。他在集市上偷了人家的钱,被送到外地去劳改了好几年。她的孙子,是个安分的青年农民,现在日子过得很好。

一九八二年五月三十一日上午续写毕

楞起叔

楞起叔小时，因没人看管，从大车上头朝下栽下来，又不及时医治——那时乡下也没法医治，成了驼背。

他是我二爷的长子。听母亲说，二爷是个不务正业的人，好喝酒，喝醉了就搬个板凳，坐在院里拉板胡，自拉自唱。

他家的宅院，和我家只隔着一道墙。从我记事时，楞起叔就给我一个好印象——他的脾气好，从不训斥我们。不只不训斥，还想方设法哄着我们玩儿。他会捕鸟，会编鸟笼子，会编蝈蝈葫芦，会结网，会摸鱼。他包管割坟草的差事，每年秋末冬初，坟地里的草衰白了，田地里的庄稼早就收割完了，蝈蝈都逃到那混杂着荆棘的坟草里，平常捉也没法捉，只有等到割草清坟之日，才能暴露出来。这时的蝈蝈很名贵，养好了，能养到明年正月间。

他还会弹三弦。我幼小的时候，好听大鼓书，有时也自编自唱，敲击着破升子底，当作鼓，两块破犁铧片当作板。楞起叔给我伴奏，就在他家院子里演唱起来。这是家庭娱乐，热心的听众只有三祖父一个人。

因为身体有缺陷,他从小就不能掏大力气,但田地里的锄耪收割,他还是做得很出色。他也好喝酒,二爷留下几亩地,慢慢他都卖了。春冬两闲,他就给赶庙会卖豆腐脑的人家,帮忙烙饼。

这种饭馆,多是联合营业。在庙会上搭一个长洞形的席棚。棚口,右边一辆肉车,左边一个烧饼炉。稍进就是豆腐脑大铜锅。棚子中间,并排放着一些方桌、板凳,这是客座。

楞起叔工作的地方,是在棚底。他在那里安排一个锅灶,烙大饼。因为身残,他在灶旁边挖好一个二尺多深的圆坑,像军事掩体,他站在里面工作,这样可以免得老是弯腰。

帮人家做饭,他并挣不了什么钱,除去吃喝,就是看戏方便。这也只是看夜戏,夜间就没人吃饭来了。他懂得各种戏文,也爱唱。

因为长年赶庙会,他交往了各式各样的人。后来,他又"在了理",听说是一个会道门。有一年,这一带遭了大水,水撤了以后,地变碱了,道旁墙根,都泛起一层白霜。他联合几个外地人,在他家院子里安锅烧小盐。那时烧小盐是犯私的,他在村里人缘好,村里人又都朴实,没人给他报告。就在这年冬季,河北一个村庄的地主家,在儿子新婚之夜,叫人砸了明火。报到县里,盗贼竟是住在楞起叔家烧盐的人们。他们逃走了,县里来人把楞起叔两口子捉进牢狱。

在牢狱一年，他受尽了苦刑，冬天，还差点没有把脚冻掉。其实，他什么也没有得到，事前事后也不知情。县里把他放了出来，养了很久，才能劳动。他的妻子，不久就去世了。

他还是好喝酒，好赶集。一喝喝到日平西，人们才散场。然后，他拿着他那条铁棍，踉踉跄跄地往家走。如果是热天，在路上遇到一棵树，或是大麻子棵，他就倒在下面睡到天黑。逢年过节，要账的盈门，他只好躲出去。

他脾气好，又乐观，村里有人叫他老软儿，也有人叫他孙不愁。他有一个儿子，抗日时期参了军。全国解放以后，楞起叔的生活是很好的。他死在邢台地震那一年，也享了长寿。

一九八二年五月三十一日下午

根雨叔

根雨叔和我们，算是近支。他家住在村西北角一条小胡同里，这条胡同的一头，可以通到村外。他的父亲弟兄两个，分别住在几间土墼北房里，院子用黄土墙围着，院里有几棵枣树，几棵榆树。根雨叔的伯父，秋麦常给人家帮工，是个老老实实的庄稼人，好像一辈子也没有结过婚。他浑身黝黑，又干瘦，好像古庙里的木雕神像，被烟火熏透了似的。根雨叔的父亲，村里人都说他脾气不好，我们也很少和他接近。听说他的心狠，因为穷，在根雨还很小的时候，就把他的妻子，弄到河北边，卖掉了。

民国六年，我们那一带，遭了大水灾，附近的天主教堂，开办了粥厂，还想出一种以工代赈的家庭副业，叫人们维持生活。清朝灭亡以后，男人们都把辫子剪掉了，把这种头发接结起来，织成网子，卖给外国妇女作发罩，很能赚钱。教会把持了这个买卖，一时附近的农村，几几乎家家都织起网罩来。所用工具很简单，操作也很方便，用一块小竹片作"制板"，再削一支竹梭，上好头发，街头巷尾，年轻妇女们，都在从事这一特殊的生产。

男人们管头发和交货。根雨叔有十几岁了,却和姑娘们坐在一起织网罩,给人一种男不男女不女的感觉。

人家都把辫子剪下来卖钱了,他却逆潮流而动,留起辫子来。他的头发又黑又密,很快就长长了。他每天精心梳理,顾影自怜,真的可以和那些大辫子姑娘们媲美了。

每天清早,他担着两只水筲,到村北很远的地方去挑水。一路上,他"咦——咦"地唱着,那是昆曲《藏舟》里的女角唱段。

不知为什么,织网罩很快又不时兴了。热热闹闹的场面,忽然收了场,人们又得寻找新的生活出路了。

村里开了一家面坊,根雨叔就又去给人家磨面了。磨坊里安着一座脚打罗,在那时,比起手打罗,这算是先进的工具。根雨叔从早到晚在磨坊里工作,非常勤奋和欢快。他是对劳动充满热情的人,他在这充满秽气,挂满蛛网,几乎经不起风吹雨打,摇摇欲坠的破棚子里,一会儿给拉磨的小毛驴扫屎填尿,一会儿拨磨扫磨,然后身靠南墙,站在罗床踏板上:

踢踢跶,踢踢跶,踢跶踢跶踢踢跶……筛起面来。

他的大辫子摇动着,他的整个身子摇动着,他的浑身上下都落满了面粉。他踏出的这种节奏,有时变化着,有时重复着,伴着飞扬洒落的面粉,伴着拉磨小毛驴的打嚏喷、撒尿声,伴着根雨叔自得其乐的歌唱,飘到街上来,飘到野外去。

　　面坊不久又停业了,他又给本村人家去打短工,当长工。三十岁的时候,他娶了一房媳妇,接连生了两个儿子。他的父亲嫌儿子不孝顺,忽然上吊死了。媳妇不久也因为吃不饱,得了疯病,整天蜷缩在炕角落里。根雨叔把大孩子送给了亲戚,媳妇也忽然不见了。人们传说,根雨叔把她领到远地方扔掉了。

　　从此,就再也看不见他笑,更听不到他唱了。土地改革时,他得到五亩田地,精神好了一阵子,二儿子也长大成人,娶了媳妇。但他不久就又沉默了。常和儿子吵架。冬天下雪的早晨,他也会和衣睡倒在村北禾场里。终于有一天夜里,也学了他父亲的样子,死去了,薄棺浅葬。一年发大水,他的棺木冲到下水八里外一个村庄,有人来报信,他的儿子好像也没有去收拾。

　　村民们说:一辈跟一辈,辈辈不错制儿。延续了两代人的悲剧,现在可以结束了吧?

　　　　　　　　　　　　　　　　一九八二年六月二日

吊　挂

　　每逢新年,从初一到十五,大街之上,悬吊挂。

　　吊挂是一种连环画。每幅一尺多宽,二尺多长,下面作牙旗状。每四幅一组,串以长绳,横挂于街。每隔十几步,再挂一组。一条街上,共有十几组。

　　吊挂的画法,是用白布涂一层粉,再用色彩绘制人物山水车马等等。故事多取材于《封神演义》,《三国演义》,《五代残唐》或《杨家将》。其画法与庙宇中的壁画相似,形式与年画中的连环画一样。在我的记忆中,新年时,吊挂只是一种装饰,站立在下面的观赏者不多。因为妇女儿童,看不懂这些故事,而大人长者,已经看了很多年,都已经看厌了。吊挂经过多年风雪吹打,颜色已经剥蚀,过了春节,就又由管事人收起来,放到家庙里去了。吊挂与灯笼并称。年节时街上也挂出不少有绘画的纸灯笼,供人欣赏。杂货铺掌柜叫变吉的,每年在门前挂一个走马灯,小孩们聚下围观。

锣　鼓

　　村里人,从地亩摊派,置买了一套锣鼓铙钹,平日也放在家庙里,春节才取出来,放在十字大街动用。每天晚上吃过饭,乡亲们集在街头,各执一器,敲打一通,说是娱乐,也是联络感情。

　　其鼓甚大,有架。鼓手执大棒二,或击其中心,或敲其边缘,缓急轻重,以成节奏。每村总有几个出名的鼓手。遇有求雨或出村赛会,鼓载于车,鼓手立于旁,鼓棒飞舞,有各种花点,是最动人的。

小　戏

小康之家，遇有丧事，则请小戏一台，也有亲友送的。所谓小戏，就是街上摆一张方桌，四条板凳，有八个吹鼓手，坐在那里吹唱。并不化装，一人可演几个脚色，并且手中不离乐器。桌上放着酒菜，边演边吃喝。有人来吊孝，则停戏奏哀乐。男女围观，灵前有戚戚之容，戏前有欢乐之意。中国的风俗，最通人情，达世故，有辩证法。

富人家办丧事，则有老道念经。念经是其次，主要是吹奏音乐。这些道士，并不都是职业性质，很多是临时装扮成的，是农民中的音乐爱好者。他们所奏为细乐，笙管云锣，笛子唢呐都有。

最热闹的场面，是跑五方。道士们排成长队，吹奏乐器，绕过或跳过很多板凳，成为一种集体舞蹈。出殡时，他们在灵前吹奏着，走不远农民们就放一条板凳，并设茶水，拦路请他们演奏一番，以致灵车不能前进，延误埋葬。经管事人多方劝说，才得作罢。在农村，一家遇丧事，众人得欢心，总是因为平日文化娱乐太贫乏的缘故。

大　戏

　　农村唱大戏，多为谢雨。农民务实，连得几场透雨，丰收有望，才定期演戏，时间多在秋前秋后。

　　我的村庄小，记忆中，只唱过一次大戏。虽然只唱了一次，却是高价请来的有名的戏班，得到远近称赞。并一直传说：我们村不唱是不唱，一唱就惊人。事前，先由头面人物去"写戏"，就是订合同。到时搭好照棚戏台，连夜派车去"接戏"。我们村庄小，没有大牲口（骡马），去的都是牛车，使演员们大为惊异，说这种车坐着稳当，好睡觉。

　　唱戏一般是三天三夜。天气正在炎热，戏台下万头攒动，尘土飞扬，挤进去就是一身透汗。而有些年轻力壮的小伙子，在此时刻，好表现一下力气，去"扒台板"看戏。所谓扒台板，就是把小褂一脱，缠在腰里，从台下侧身而入，硬拱进去。然后扒住台板，用背往后一靠。身后万人，为之披靡，一片人浪，向后拥去。戏台照棚，为之动摇。管台人员只好大声喊叫，要求他稳定下来。他却得意洋洋，旁若无人地看起戏来。出来时，还是从台下钻出，并夸口说，他看见坤角的小脚了。在农村,看戏扒台板,出殡扛棺材头,都是小伙子们表现力气的好机会。

唱大戏是村中的大典,家家要招待亲朋;也是孩子们最欢乐的节日。直到现在,我还记得一个歌谣,名叫"四大高兴"。其词曰:

新年到,搭戏台,先生(学校老师)走,媳妇来。

反之,为"四大不高兴"。其词为:

新年过,戏台拆,媳妇走,先生来。

可见,在农村,唱大戏和过新年,是同样受到重视的。

一九八二年七月

玉华婶

玉华婶的娘家，离我们村只有十几里地，那里是三县交界的地方，在旧社会叫做"三不管地带"，惯出盗案。据说玉华婶的父亲，就是一个有名的大盗，犯案以后，已经正法。她的母亲，长得非常丑陋，在村里却绰号"大出头"。我们那里的方言，凡是货郎小贩，出售货物，总是把最出色的一件，悬挂在货车上，叫做出头。比如卖馒头的，就挑一个又白又大的，用秫秸秆插起来，立在车子的前面。

俗话说，破窑里可能烧出好磁器，她生了一个非常出色的女儿，就是说烧出了一件"窑变"，使全村惊异，远近闻名。

这位小姑娘，十三四岁的时候，在街头一站，已经使那些名门闺秀黯然失色。到十六七岁的时候，出脱得更是出众，说绝世佳人，有些夸张，人人见了喜欢，却是事实。

正在这个年华，她的父亲落了这样一个结果，对她来说，当然是非常的不幸。她的母亲，好吃懒做，只会斗牌，赌注就放在身边女儿身上了。

县里的衙役，镇上的巡警，村里的流氓，都在这个姑娘身上打主意。

我家南邻是春瑞叔家。他的父亲，是个潦倒人，跑了半辈子宝局，下了趟关东，什么也没挣下，只好在家里开个小牌局。春瑞叔从小时，被送到外村，给人家放羊。每天背上点水，带块干粮，光着两只脚，在漫天野地里，追着喊着。天大黑了，才能回来，睡在羊圈里。现在三十上下了，还没有成亲。

他有一个姐姐，嫁在那个村庄，和大出头是近邻。看见这个小姑娘，长得这样好，眼下命运又不济，就想给自己的弟弟说说。她的口才很好，亲自上门，找小姑娘直接谈。今天不行，明天再去，不上十天半月，这门亲事，居然说成了。

为了怕坏人捣乱，没敢宣扬出去。娶亲那天，也没有坐花轿，没有动鼓乐，只是说串亲，坐上一辆牛车，就到了我们村里。又在别人家借了一间屋子，作为洞房。好在春瑞叔的父亲，是地方上的一个赌棍，有些头面，没有发生什么事情。

不久，把她母亲也接了来，在我们村落了户。从此，一老一少，一美一丑，就成了我们新的街坊邻居了。

像玉华婶这样的人物，论人才、口才、心计，在历史上，如果遇到机会，她可以成为赵飞燕，也可以成为武则天。但落到这个穷乡僻壤，也不过是织织纺纺，下地劳动。春瑞叔又没有多少地，于是玉华婶就同公爹，支持着家里那个小牌局。有时也下地拾柴挑菜，赶集做一些小买卖。她人缘很好，不管男女老少，都说得来，人们有什么话，也愿意和她去说。她家里是个闲话场。她很能交际,能陪男人喝酒、吸烟、打麻将。

我们年轻人都很爱她,敬她,也有些怕她,不敢惹她。有一年暑假,一天中午,我正在场院里树阴下看书,看见玉华婶从家里跑了出来。后面是她母亲哭叫着。再后面是春瑞叔,手里拿着一根顶门杈。玉华婶一声不响,跑进我家场院,就奔新打的洋井。井口直径足有五尺,她把腿一伸,出溜进去。我大喊救人,当人们捞她的时候,看到她用头和脚尖紧紧顶着井的两边,身子浮在水皮上,一口水也没喝。这种跳井,简直还比不上现在的跳水运动员,实在好笑。

但从此,春瑞叔也就不敢再发庄稼火,很怕她。因为跳井,即寻死觅活,究竟是人命关天的大事,非同小可。

去年,我回了一趟老家。玉华婶也老了。她有三房儿媳,都分着过。春瑞叔八十来岁了,但走起路来,还很快,这是年轻时放羊,给他带来的好处。

三房儿媳,都不听玉华婶的话,还和她对骂。春瑞叔也不替她说话。玉华婶一世英名,看来真要毁于一旦了。

她哭哭啼啼,向我诉苦。最后她对我说:

"大侄子,你走京串卫,识文断字,我问你一件事,什么叫打金枝?"

"《打金枝》是一出戏名,河北梆子就有的,你没有看过吗?"我说。

"没有。村里唱戏的时候,我忙着照应牌局,没时间去看。"玉华婶笑了，"这是我那三儿媳妇的爹对我说的。他说：你就没有看过打金枝吗？我不知道这是一句什么话，又不好去问外人，单等你回来。"

"那不是一句坏话。"我说，"那可能是劝你不要管儿子媳妇间的闲事。"

随后，我把《打金枝》这出戏的剧情，给她介绍了一下。这一介绍，玉华婶火了，她大声骂道：

"就凭他们家，才三天半不要饭吃了，能出一根金枝？我看是狗屎，擦屁股棍儿！他成了皇帝，他要成了皇帝，我就是玉皇！"

我怕叫她的儿媳听见，又惹是非，赶紧往外努努嘴，托辞着出来了。玉华婶也知趣，就不再喊叫了。

一九八三年九月二日晨改讫

疤增叔

因为他生过天花,我们叫他疤增叔。堂叔一辈,还有一个名叫增的,这样也好区别。

过去,我们村的贫苦农民,青年时,心气很高,不甘于穷乡僻壤这种饥一顿饱一顿的生活,想远走高飞。老一辈的是下关东,去上半辈子回来,还是受苦,壮心也没有了。后来,是跑上海,学织布。学徒三年,回来时,总是穿一件花丝格棉袍,村里人称他们为上海老客。

疤增叔是我们村去上海的第一个人。最初,他也真的挣了一点钱,汇到家里,盖了三间新北屋,娶了一房很标致的媳妇。人人羡慕,后来经他引进,去上海的人,就有好几个。

疤增叔其貌不扬,幼小时又非常淘气,据老一辈说,他每天拉屎,都要到树杈上去。为人甚为精明,口才也好,见识又广。有一年寒假完了,我要回保定上学,他和我结伴,先到保定,再到天津,然后坐船到上海,这样花路费少一些。第一天,我们宿在安国县我父亲的店铺里。商店习惯,来了客人,总有一个二掌柜陪着说话。我在地下听着,疤增叔谈上海商业行情,头头是道,真像一个买卖人,不禁为之吃惊。

到了保定,我陪他去买到天津的汽车票,不坐火车坐汽车,也是为的省钱。买了明天的汽车票,疤增叔一定叫汽车行给写个字据:如果不按时间开车,要加倍赔偿损失。那时的汽车行,最好坑人骗钱,这又是他出门多的经验,使我非常佩服。

究竟他在上海干什么,村里也传说不一。有的说他给一家纺织厂当跑外,有的说他自己有几张机子,是个小老板。后来,经他引进到上海去的一个本家侄子回来,才透露了一点实情,说他有时贩卖白面(毒品),装在牙粉袋里,过关口时,就叫这个侄子带上。

不久,他从上海带回一个小老婆,河南人,大概是跑到上海去觅生活的,没有办法跟了他。也有人说,疤增叔的二哥,还在打光棍,托他给找个人,他给找了,又自己霸占了,二哥并因此生闷气而死亡。

又有一年,他从河南赶回几头瘦牛来,有人说他把白面藏在牛的身上,牛是白搭。究竟怎样藏法,谁也不知道。

后来,他就没挣回过什么,一年比一年潦倒,就不常出门,在家里做些小买卖。有时还卖虾酱,掺上很多高粱糁子。

家里娶的老伴,已经亡故。在上海弄回的女人,给他生了一个儿子,中间一度离异,母子回了河南,后来又找回来,现在已长大成人,出去工作了。

原来的房子,被大水冲塌,用旧砖垒了一间屋子,老两口就住在里面,谁也不收拾,又脏又乱。

一年春节,人们夜里在他家赌钱。局散了以后,老两口吵了起来,老伴把他往门外一推,他倒在地下就死了。

一九八三年九月三日

秋喜叔

　　秋喜叔的父亲,是个棚匠。家里有一捆一捆的苇席,一团一团的麻绳,一根大弯针,每逢庙会唱戏,他就被约去搭棚。

　　这老人好喝酒,有了生意,他就大喝。而每喝必醉,醉了以后,他从工作的地方,摇摇晃晃地走回来,进村就大骂,一直骂进家里。有时不进家,就倒在街上骂,等到老伴把他扶到家里,躺在炕上,才算完事。人们说,他是装的,借酒骂人,但从来没有人去拾这个碴儿,和他打架。

　　他很晚的时候,才生下秋喜叔。秋喜叔并无兄弟姐妹,从小还算是娇生惯养的,也上了几年小学。

　　十几岁的时候,秋喜叔跟着一个本家哥哥去了上海,学织布。不愿意干了,又没钱回不了家,就当了兵,从南方转到北方。那时我在保定上中学,有一天,他送来一条棉被,叫我放假时给他带回家里。棉被里里外外都是虱子,这可能是他在上海学徒三年的惟一剩项。第二天,又来了两个军人找我,手里拿着皮带,气势汹汹,听他们的口气,好像是秋喜叔要逃跑,所以先把被子拿出来。他们要我到火车站他们的连部去对证。那时这种穿二尺半的丘八大爷们,是不好对付的,我没有跟他们走。好在这是学校,他们也无奈我何。

后来,秋喜叔终于跑回家去,结了婚,生了儿子。抗日战争时,家里困难,他参加了八路军,不久又跑回来。

秋喜叔的个性很强,在农村,他并不愿意一锄一镰去种地,也不愿推车担担去做小买卖。但他也不赌博,也不偷盗。在村里,他年纪不大,辈分很高,整天道貌岸然,和谁也说不来,对什么事也看不惯。躲在家里,练习国画。土改时,他从我家拿去一个大砚台,我回家时,他送了一幅他画的"四破",叫我赏鉴。

他的父亲早已去世,他这样坐吃山空,日子一天不如一天。家里地里的活儿,全靠他的老伴。那是一位任劳任怨,讲究三从四德的农村劳动妇女,整天蓬头垢面,钻在地里砍草拾庄稼。

秋喜叔也好喝酒,但是从来不醉。也好骂街,但比起他的父亲来,就有节制多了。

秋天,村北有些积水,他自制一根钓竿,从早到晚,坐在那里垂钓。其实谁也知道,那里面并没有鱼。

他的儿子长大了,地里的活也干得不错,娶了个媳妇,也很能劳动,眼看日子会慢慢好起来。谁知这儿子也好喝酒,脾气很劣,为了一点小事,砍了媳妇一刀,被法院判了十五年徒刑,押到外地去了。

从此，秋喜叔就一病不起，整天躺在炕上，望着挂满蛛网的屋顶，一句话也不说。谁也说不上他得的是什么病，三年以后才死去了。

一九八三年九月二日下午

大　根

岳父只有两个女儿,和我结婚的,是他的次女。到了五十岁,他与妻子商议,从本县河北一贫家,购置一妾,用洋三百元。当领取时,由长工用粪筐背着银元,上覆柴草,岳父在后面跟着。到了女家,其父当场点数银元,并一一当当敲击,以视有无假洋。数毕,将女儿领出,毫无悲痛之意。岳父恨其无情,从此不许此妾归省。有人传言,当初相看时,所见者为其姐,身高漂亮,此女则瘦小干枯,貌亦不扬。村人都说:岳父失去眼窝,上了媒人的当。

婚后,人很能干,不久即得一子,取名大根,大做满月,全家欢庆。第二胎,为一女孩,产时值夜晚,仓促间,岳父被墙角一斧伤了手掌,染破伤风,遂致不起。不久妾亦猝死,祸起突然,家亦中落。只留岳母带领两个孩子,我妻回忆:每当寒冬夜晚,岳母一手持灯,两个小孩拉着她的衣襟,像扑灯蛾似的,在那空荡荡的大屋子出出进进,实在悲惨。

大根稍大以后,就常在我家。那时,正是抗日时期,他们家离据点近,每天黎明,这个七八岁的孩子,牵着他喂养的一只山羊,就从他们村里出来到我们村,黄昏时再回去。

那时我在外面抗日。每逢逃难,我的老父带着一家老小,再加上大根和他那只山羊,慌慌张张,往河北一带逃去。在路上遇到本村一个卖烧饼果子的,父亲总是说:"把你那柜子给我,我都要了!"这样既可保证一家人不致挨饿,又可以作为掩护。

平时,大根跟着我家长工,学些农活。十几岁上,他就努筋拔力,耕种他家剩下的那几亩土地了。岳母早早给他娶了一个比他大几岁,很漂亮又很能干的媳妇,来帮他过日子。不久,岳母也就去世了。小小年纪,十几年间,经历了三次大丧事。

大根很像他父亲,虽然没念什么书,却聪明有计算,能说,乐于给人帮忙和排解纠纷,在村里人缘很好。土改时,有人想算他家的旧账,但事实上已经很穷,也就过去了。

他在村里,先参加了村剧团,演《小女婿》中的田喜,他本人倒是个地地道道的小女婿。

二十岁时,他已经有两个儿子,加上他妹妹,五口之家,实在够他巴结的。他先和人家合伙,在集市上卖饺子,得利有限。那些年,赌风很盛,他自己倒不赌,因为他精明,手头利索,有人请他代替推牌九,叫作枪手。有一次在我们村里推,他弄鬼,被人家看出来,几乎下不来台,念他是这村的亲戚,放他走了。随之,在这一行,他也就吃不开了。

他好像还贩卖过私货，因为有一年，他到我家，问他二姐有没有过去留下的珍珠，他二姐说没有。

后来又当了牲口经纪。他自己也养骡驹子，他说从小就喜欢这玩意儿。

"文革"前，他二姐有病，他常到我家帮忙照顾，他二姐去世，这些年就很少来了。

去年秋后，他来了一趟，也是六十来岁的人了，精神不减当年，相见之下，感慨万端。

他有四个儿子，都已成家，每家五间新砖房，他和老伴，也是五间。有八个孙子孙女，都已经上学。大儿子是大乡的书记，其余三个，也都在乡里参加了工作。家里除养一头大骡子，还有一台拖拉机。责任田，是他带着儿媳孙子们去种，经他传艺，地比谁家种得都好。一出动就是一大帮，过往行人，还以为是个没有解散的生产队。

多年不来，我请他吃饭。

"你还赶集吗？还给人家说合牲口吗？"席间，我这样问。

"还去。"他说，"现在这一行要考试登记，我都合格。"

"说好一头牲口，能有多大好处？"

"有规定。"他笑了笑，终于语焉不详。

"你还赌钱吗？"

"早就不干了。"他严肃地说，"人老了，得给孩子们留个名誉，儿子当书记，万一出了事，不好看。"

我说:"好好干吧! 现在提倡发家致富,你是有本事的人,遇到这样的社会,可以大展宏图。"

他叫我给他写一幅字,裱好了给他捎去。他说:"我也不贴灶王爷了,屋里挂一张字画吧。"

过去,他来我家,走时我没有送过他。这次,我把他送到大门外,郑重告别。因为我老了,以后见面的机会,不会再多了。

一九八六年八月十四日

刁 叔

刁叔,是写过的疤增叔的二哥。大哥叫瑞,多年跑山西,做小买卖,为人有些流氓气,也没有挣下什么,还把梅毒传染给妻子,妻女失明,儿子塌鼻破嗓,他自己不久也死了。

和我交往最多的,是刁叔。他比我大二十岁,但不把我当作孩子,好像我是他的一个知己朋友。其实,我那时对他,什么也不了解。

他家离我家很近,住在南北街路西。砖门洞里,挂着两块贞节匾,大概是他祖母的事迹吧。那时他家里,只有他和疤增婶子,他一个人住在西屋。

他没有正式上过学,但"习"过字。过去,村中无力上学,又有志读书的农民,冬闲时凑在一起,请一位能写会算的人,来教他们,就叫习字。

他为人沉静刚毅,身材高大强健。家里土地很少,没有多少活儿,闲着的时候多。但很少见到他,像别的贫苦农民一样,背着柴筐粪筐下地,也没有见过他,给别人家打短工。他也很少和别人闲坐说笑,就喜欢看一些书报。

那时乡下，没有多少书，只有我是个书呆子。他就和我交上了朋友。他向我借书，总是亲自登门，讷讷启口，好像是向我借取金钱。

我并不知道他喜欢看什么书，我正看什么，就常常借给他什么。有一次，我记得借给他的是《浮生六记》。他很快就看完了，送回时，还是亲自登门，双手捧着交给我。书，完好无损。把书借给这种人，比现在借书出去，放心多了。

我不知道他能看懂这种书不能，也没问过他读后有什么感想。我只是尽乡亲之谊，邻里之间，互通有无。

他是一个光棍。旧日农村，如果家境不太好，老大结婚还有可能，老二就很难了。他家老三，所以能娶上媳妇，是因为跑了上海，发了点小财。这在另一篇文章中，已经提过了。

我现在想：他看书，恐怕是为了解闷，也就是消遣吧。目前有人主张，文学的最大功能，最高价值，就是供人消遣。这种主张，很是时髦。其实，在几十年前，刁叔的读书，就证实了这一点，我也很早就明白这层道理了。看来并算不得什么新理论，新学说。

刁叔家的对门，是秃小叔。秃小叔一只眼，是个富农，又是一家之主，好赌。他的赌，不是逢年过节，农村里那种小赌。是到设在戏台下面，或是外村的大宝局去赌。他为人，有些胆小，那时地面也确实不大太平，路劫、绑票的很多。每当他去赴宝局之时，他总是约上刁叔，给他助威仗胆。

那种大宝局的场合、气氛，如果没有亲临过，是难以想象的。开局总是在夜间，做宝的人，隐居帐后；看宝的人，端坐帐前。一片白布，作为宝案，设于破炕席之上，幺、二、三、四四个方位，都压满了银元。赌徒们炕上炕下，或站或立，屋里屋外，都挤满了人。人人面红耳赤，心惊肉跳；烟雾迷蒙，汗臭难闻。胜败既分，有的甚至屁滚尿流，捶胸顿足。

"免三！"一局出来了，看宝的人把宝案放在白布上，大声喊叫。免三，就是看到人们压三的最多，宝盒里不要出三。一个赌徒，抓过宝盒，屏气定心，慢慢开动着。当看准那个刻有红月牙的宝心指向何方时，把宝盒一亮，此局已定，场上有哭有笑。

秃小叔虽然一只眼，但正好用来看宝盒，看宝盒，好人有时也要眯起一只眼。他身后，站着刁叔。刁叔是他的赌场参谋，常常因他的运筹得当，而得到胜利。天明了，两个人才懒洋洋地走回村来。

这对刁叔来说，也是一种消遣。他有一个"木猫"，冬天放在院子里，有时会逮住一只黄鼬。有一回，有一只猫钻进去了，他也没有放过。一天下午，他在街上看见我，低声说：

"晚上到我那里去，我们吃猫肉。"

晚上，我真的去了，共尝了猫肉。我一生只吃过这一次猫肉。也不知道是家猫，还是野猫。那天晚上，他和我谈了些什么，完全忘记了。

听叔辈们说，他的水式还很好，会摸鱼，可惜我都没有亲眼见过。

刁叔年纪不大，就逝世了。那时我不在家，不知道他得的是什么病。在前一篇文章里，谈到他的死因，也不过是传言，不一定可信。我现在推测，他一定死于感情郁结。他好胜心强，长期打光棍，又不甘于偷鸡摸狗，钻洞跳墙。性格孤独，从不向人诉说苦闷。当时的农民，要改善自己的处境，也实在没有出路。这样就积成不治之症。

一九八六年八月十五日

老焕叔

前几年，细读了沙汀同志所写，一九三八年秋季随一二〇师到冀中的回忆录。内记：一天夜晚，师部住进一个名叫辽城的小村庄（我的故乡）。何其芳同志去参加了和村干部的会见，回来告诉他，村里出面讲话的，是一个迷迷怔怔的人。我立刻想到，这个人一定是老焕叔。

但老焕叔并不是村干部。当时的支部书记、农会主任、村长，都是年轻农民，也没有一个人迷迷怔怔。我想是因为，当时敌人已经占据安平县城，国民党的部队，也在冀南一带活动，冀中局面复杂。当一二〇师以正规部队的军容，进入村庄，服装、口音，和村民们日常见惯的土八路，又不一样。仓皇间，村干部不愿露面，又把老焕叔请了出来，支应一番。

老焕叔小名旦子，幼年随父亲（我们叫他胖胖爷），到山西做小买卖。后来在太原当了几年巡警和衙役。回到村里，游手好闲，和一个卖豆腐人家的女儿靠着，整天和村里的一些地主子弟浪当人喝酒赌博。他是第一个把麻将牌带进这个小村庄，并传播这种技艺的人。

读过了沙汀的回忆文章，我本来就想写写他，但总是想不起那个卖豆腐的人的名字。老家的年轻人来了，问他们，都说不知道。直到日前来了两位老年人，才弄清楚。

这个人叫新珠，号老体，是个邋邋遢遢的庄稼人。他的老婆，因为服装不整，人称"大裤腰"，说话很和气。他们只生一个女孩，名叫俊女儿。其实长得并不俊，很黑，身体很健壮。不知怎样，很早就和老焕叔靠上了，结婚以后，也不到婆家去，好像还生了一个男孩。老焕叔就长年住在她家，白天聚赌，抽些油头，补助她的家用。这种事，村民不以为怪，老焕婶是个顺从妇女，也不管他，靠着在上海学织布的孩子生活。

老焕叔的罗曼史，也就是这一些。

近读求恕斋丛书，唐晏所作庚子西行记事：乡野之民，不只怕贼，也怕官。听说官要来了，也会逃跑。我的村庄，地处偏僻，每逢兵荒马乱之时，总需要一个见过世面，能说会道的人，出来应付，老焕叔就是这种人选。

他长得高大魁梧，仪表堂堂。也并非真的迷迷怔怔，只是说话时，常常眯缝着眼睛，或是看着地下，有点大智若愚的样儿。

我长期在外，童年过后，就很少见到他了。进城以后，我回过一次老家，是在大病初愈之后，想去舒散一下身心。我坐在一辆旧吉普车上，途经保定，这是我上中学的地方；安国，是父亲经商，我上高级小学的地方。都算是旧地重游，但没有多走多看，也就没有引起什么感想。

下午到家。按照乡下规矩，我在村头下车，从村边小道，绕回叔父家去。吉普车从大街开进去。

村边有几个农民在打场，我和他们打招呼。其中一位年长的，问一同干活的年轻人：

"你们认识他吗？"

年轻人不答话。他就说：

"我认识他。"

当我走进村里，街上已经站满了人。大人孩子，熙熙攘攘，其盛况，虽说不上万人空巷，场面确是令人感动的。无怪古人对胜利后还乡，那么重视，虽贤者也不能免了。但我明白，自己并没有做官，穿的也不是锦绣。可能是村庄小，人们第一次看见吉普车，感到新鲜。过去回家时，并没有遇到过这样的场面。

走进叔父家，院里也满是人。老焕叔在叔父的陪同下，从屋里走了出来。他拄着一根棍子，满脸病容，大声喊叫我的小名，紧紧攥着我的手。人们都仰望着他，听他和我说话。

然后，我又把他扶进屋里，坐在那把惟一的木椅上。

我因为想到，自身有病，亲人亡逝，故园荒凉，心情并不好。他见我说话不多，坐了一会儿就走了。

他扶病来看我，一是长辈对幼辈的亲情，二是又遇到一次出头露面的机会。不久，他就故去了。他的一生，虽说有些不务正业,却也没做过什么对不起乡亲们的坏事。所以还是受到人们的尊重,是村里的一个人物。

一九八七年十月五日

附记:如写村史,老焕叔自当有传。其主要事迹,为从城市引进麻将牌一事。然此不足构成大过失,即使农村无麻将,仍有宝盒及骨牌、纸牌也。本村南头,有名曹老万者,幼年不耐农村贫苦,去安国药店学徒。学徒不成,乃流为当地混混儿。安国每年春冬,有药市庙会,商贾云集。老万初在南关后街聚赌,以其悍鸷,被无赖辈奉为头目。后又窝娼,并霸一河南女子回家,得一子。相传妓女不孕,此女盖新从农村,被拐骗出来者。为人勤劳敏快,颇安于室。附近有钱人家,生子恐不育者,争相认为干娘。传说,小儿如认在此等人名下,神鬼即不来追索。此女亦有求必应,不以为忤。然老万中年以后,精神失常,四处狂走,不能言语,只呵呵作声,向人乞讨。余读医书,得知此病,乃因梅毒菌进入人脑所致。则曹氏从城市引进梅毒,其于农村之污染,后果更不堪言矣。

古人云:不耕之民,易与为非,难与为善。这句话,还是可以思考的。

次日又记

五、山山黄叶飞

母亲的记忆

母亲生了七个孩子，只养活了我一个。一年，农村闹瘟疫，一个月里，她死了三个孩子。爷爷对母亲说：

"心里想不开，人就会疯了。你出去和人们斗斗纸牌吧！"

后来，母亲就养成了春冬两闲和妇女们斗牌的习惯；并且常对家里人说：

"这是你爷爷吩咐下来的，你们不要管我。"

麦秋两季，母亲为地里的庄稼，像疯了似的劳动。她每天一听见鸡叫就到地里去，帮着收割、打场。每天很晚才回到家里来。她的身上都是土，头发上是柴草。蓝布衣裤汗湿得泛起一层白碱，她总是撩起褂子的大襟，抹去脸上的汗水。她的口号是："争秋夺麦！""养兵千日，用兵一时！"一家人谁也别想偷懒。

我生下来，就没有奶吃。母亲把馍馍晾干了，再粉碎煮成糊喂我。我多病，每逢病了，夜间，母亲总是放一碗清水在窗台上，祷告过往的神灵。母亲对人说："我这个孩子，是不会孝顺的，因为他是我烧香还愿，从庙里求来的。"

家境小康以后，母亲对于村中的孤苦饥寒，尽力周济，对于过往的人，凡有求于她，无不热心相帮。有两个远村的尼姑，每年麦秋收成后，总到我们家化缘。母亲除给她们很多粮食外，还常留她们食宿。我记得有一个年轻的尼姑，长得眉清目秀。冬天住在我家，她怀揣一个蝈蝈葫芦，夜里叫得很好听，我很想要。第二天清早，母亲告诉她，小尼姑就把蝈蝈送给我了。

抗日战争时，村庄附近，敌人安上了炮楼。一年春天，我从远处回来，不敢到家里去，绕到村边的场院小屋里。母亲听说了，高兴得不知给孩子什么好。家里有一棵月季，父亲养了一春天，刚开了一朵大花，她折下就给我送去了。父亲很心痛，母亲笑着说："我说为什么这朵花，早也不开，晚也不开，今天忽然开了呢，因为我的儿子回来，它要先给我报个信儿！"

一九五六年，我在天津，得了大病，要到外地去疗养。那时母亲已经八十多岁，当我走出屋来，她站在廊子里，对我说："别人病了往家里走，你怎么病了往外走呢！"

　　这是我同母亲的永诀。我在外养病期间，母亲去世了，享年八十四岁。

　　　　　　　　　　　一九八二年十二月

父亲的记忆

　　父亲十六岁到安国县（原先叫祁州）学徒，是招赘在本村的一位姓吴的山西人介绍去的。这家店铺的字号叫永吉昌，东家是安国县北段村张姓。

　　店铺在城里石牌坊南。门前有一棵空心的老槐树。前院是柜房，后院是作坊——榨油和轧棉花。

　　我从十二岁到安国上学，就常常吃住在这里。每天掌灯以后，父亲坐在柜房的太师椅上，看着学徒们打算盘。管账的先生念着账本，人们跟着打，十来个算盘同时响，那声音是很整齐很清脆的。打了一通，学徒们报了结数，先生把数字记下来，说：去了。人们扫清算盘，又聚精会神地听着。

　　在这个时候，父亲总是坐在远离灯光的角落里，默默地抽着旱烟。

　　我后来听说，父亲也是先熬到先生这一席位，念了十几年账本，然后才当上了掌柜的。

　　夜晚，父亲睡在库房。那是放钱的地方，我很少进去，偶尔从撩起的门帘缝望进去，里面是很暗的。父亲就在这个地方,睡了二十几年。我是跟学徒们睡在一起的。

父亲是一九三七年,七七事变以后离开这家店铺的,那时兵荒马乱,东家也换了年轻一代人,不愿再经营这种传统的老式的买卖,要改营百货。父亲守旧,意见不合,等于是被辞退了。

父亲在那里,整整工作了四十年。每年回一次家,过一个正月十五。先是步行,后来骑驴,再后来是由叔父用牛车接送。我小的时候,常同父亲坐这个牛车。父亲很礼貌,总是在出城以后才上车,路过每个村庄,总是先下来,和街上的人打招呼,人们都称他为孙掌柜。

父亲好写字。那时学生意,一是练字,一是练算盘。学徒三年,一般的字就写得很可以了。人家都说父亲的字写得好,连母亲也这样说。他到天津做买卖时,买了一些旧字帖和破对联,拿回家来叫我临摹,父亲也很爱字画,也有一些收藏,都是很平常的作品。

抗战胜利后,我回到家里,看到父亲的身体很衰弱。这些年闹日本,父亲带着一家人,东逃西奔,饭食也跟不上。父亲在店铺中吃惯了,在家过日子,舍不得吃些好的,进入老年,身体就不行了。见我回来了,父亲很高兴。有一天晚上,一家人坐在炕上闲话,我絮絮叨叨地说我在外面受了多少苦,担了多少惊。父亲忽然不高兴起来,说:"在家里,也不容易!"回到自己屋里,妻抱怨说:"你应该先说爹这些年不容易！"

那时农村实行合理负担，富裕人家要买公债，又遇上荒年，父亲不愿卖地，地是他的性命所在，不能从他手里卖去分毫。他先是动员家里人卖去首饰、衣服、家具，然后又步行到安国县老东家那里，求讨来一批钱，支持过去。他以为这样做很合理，对我详细地描述了他那时的心情和境遇，我只能默默地听着。

父亲是一九四七年五月去世的。春播时，他去旁楼，出了汗，回来就发烧，一病不起。立增叔到河间，把我叫回来。我到地委机关，请来一位医生，医术和药物都不好，没有什么效果。

父亲去世以后，我才感到有了家庭负担。我旧的观念很重，想给父亲立个碑，至少安个墓志。我和一位搞美术的同志，到店子头去看了一次石料，还求陈肇同志给撰写了一篇很简短的碑文。不久就土地改革了，一切无从谈起。

父亲对我很慈爱，从来没有打骂过我。到保定上学，是父亲送去的。他很希望我能成材，后来虽然有些失望，也只是存在心里，没有当面斥责过我。在我教书时，父亲对我说："你能每年交我一个长工钱，我就满足了。"我连这一点也没有做到。

父亲对给他介绍工作的姓吴的老头，一直很尊敬。那老头后来过得很不如人，每逢我们家做些像样的饭食，父亲总是把他请来，让在正座。老头总是一边吃，一边用山西口音说："我吃太多呀，我吃太多呀！"

一九八四年四月二十七日

上午寒流到来，夜雨泥浆

包袱皮儿

今年国庆节,在石家庄纺纱厂工作的大女儿来看望我。她每年来天津一次,总是选择这个不冷不热的季节。她从小在老家,跟着奶奶和母亲,学纺线织布,家里没有劳动力,她还要在田地里干活,到街上的水井去担水。十六岁的时候,跟我到天津,因为家里人口多,我负担重,把她送到纱厂。老家旧日的一套生活习惯,自从她母亲去世以后,就只有她知道一些了。

她问我有什么活儿没有,帮我做一做。我说:"没有活儿。你长年在工厂不得休息,就在这里休息几天吧。"

可是她闲不住,闷得慌。新近有人给我买了两把藤椅,天气冷了,应该做个棉垫。我开开柜子给她找了些破布。我用的包袱皮儿,都是她母亲的旧物,有的是在"文化大革命"期间,被赶到小房子里,她带病用孩子们小时的衣服,拆毁缝成的。其中有一个白底紫花纹的,是过去日本的"人造丝"。我问她:"你还记得这个包袱皮吗?"

她说:"记得。爹,你太细了,很多东西还是旧的,过去很多年的。"

"不是细。是一种习惯。"我说，"东西没有破到实在不能用，我就不愿意把它扔掉。我铺的褥子，还是你在老家纺的粗线，你母亲织的呢！"

我找出了一条破裤和一件破衬衫，叫她去做椅垫，她拿到小女儿的家里去做。小女儿说："我这里有的是新布，用那些破东西干什么？"

大女儿说："咱爹叫用什么，我就只能用什么。"

那里有缝纫机，很快她就把椅垫做好拿回来了。

夜晚，我照例睡不好觉。先是围绕着那个日本"人造丝"包袱皮儿，想了很久：年轻时，我最喜爱书，妻最喜爱花布。那时乡下贩卖布头的很多，都是大城市裁缝铺的下脚料。有一次，去子文镇赶集，我买了一部石印的小书，一棵石榴树苗，还买了这块日本人造丝的布头，回家送给了妻子。她很高兴，说花色好看，但是不成材料，只能做包袱皮儿。她一直用着，经过抗日战争，解放战争，又带到天津，经过"文化大革命"，多次翻箱倒柜地抄家，一直到她去世。她的遗物，死后变卖了一些，孩子们分用了一些。眼下就只有两个包袱皮儿了。这一件虽是日本"人造丝"，当时都说不坚实耐用，经历了整整五十年，它只有一点折裂，还是很完好的。而喜爱它、使用它的人，亡去已经有十年了。

我艰难入睡，梦见我携带妻儿老小，正在奔波旅行。住在一家店房，街上忽然喊叫，发大水了。我望见村外无边无际，滔滔的洪水。我跑到街上，又跑了回来，面对一家人发急，这样就又醒来了。

清晨，我对女儿叙述了这个梦境。女儿安慰我说："梦见水了好，梦见大水更好。"

我说："现在，只有你还能知道一些我的生活经历。"

一九八三年十月十二日晨

亡人逸事

一

旧式婚姻,过去叫作"天作之合",是非常偶然的。据亡妻言,她十九岁那年,夏季一个下雨天,她父亲在临街的梢门洞里闲坐,从东面来了两个妇女,是说媒为业的,被雨淋湿了衣服。她父亲认识其中的一个,就让她们到梢门下避避雨再走,随便问道:

"给谁家说亲去来?"

"东头崔家。"

"给哪村说的?"

"东辽城。崔家的姑娘不大般配,恐怕成不了。"

"男方是怎么个人家?"

媒人简单介绍了一下,就笑着问:

"你家二姑娘怎样? 不愿意寻吧?"

"怎么不愿意。你们就去给说说吧,我也打听打听。"她父亲回答得很爽快。

就这样,经过媒人来回跑了几趟,亲事竟然说成了。结婚以后,她跟我学认字,我们的洞房喜联横批,就是"天作之合"四个字。她点头笑着说:

"真不假,什么事都是天定的。假如不是下雨,我就到不了你家里来!"

二

虽然是封建婚姻,第一次见面却是在结婚之前。定婚后,她们村里唱大戏,我正好放假在家里。她们村有我的一个远房姑姑,特意来叫我去看戏,说是可以相相媳妇。开戏的那天,我去了,姑姑在戏台下等我。她拉着我的手,走到一条长板凳跟前。板凳上,并排站着三个大姑娘,都穿得花枝招展,留着大辫子。姑姑叫着我的名字,说:

"你就在这里看吧,散了戏,我来叫你家去吃饭。"

姑姑的话还没有说完,我看见站在板凳中间的那个姑娘,用力盯了我一眼,从板凳上跳下来,走到照棚外面,钻进了一辆轿车。那时姑娘们出来看戏,虽在本村,也是套车送到台下,然后再搬着带来的板凳,到照棚下面看戏的。

结婚以后,姑姑总是拿这件事和她开玩笑,她也总是说姑姑会出坏道儿。

她礼教观念很重。结婚已经好多年,有一次我路过她家,想叫她跟我一同回家去。她严肃地说:

"你明天叫车来接我吧,我不能这样跟着你走。"我只好一个人走了。

三

她在娘家,因为是小闺女,娇惯一些,从小只会做些针线活;没有下场下地劳动过。到了我们家,我母亲好下地劳动,尤其好打早起,麦秋两季,听见鸡叫,就叫起她来做饭。又没个钟表,有时饭做熟了,天还不亮。她颇以为苦。回到娘家,曾向她父亲哭诉。她父亲问:

"婆婆叫你早起,她也起来吗?"

"她比我起得更早。还说心疼我,让我多睡了会儿哩!"

"那你还哭什么呢?"

我母亲知道她没有力气,常对她说:

"人的力气是使出来的,要伸懒筋。"

有一天,母亲带她到场院去摘北瓜,摘了满满一大筐。母亲问她:

"试试,看你背得动吗?"

她弯下腰,挎好筐系猛一立,因为北瓜太重,把她弄了个后仰,沾了满身土,北瓜也滚了满地。她站起来哭了。母亲倒笑了,自己把北瓜一个个捡起来,背到家里去了。

我们那村庄,自古以来兴织布,她不会。后来孩子多了,穿衣困难,她就下决心学。从纺线到织布,都学会了。我从外面回来,看到她两个大拇指,都因为推机杼,顶得变了形,又粗、又短,指甲也短了。

后来,因为闹日本,家境越来越不好,我又不在家,她带着孩子们下场下地。到了集日,自己去卖线卖布。有时和大女儿轮换着背上二斗高粱,走三里路,到集上去粜卖。从来没有对我叫过苦。

几个孩子,也都是她在战争的年月里,一手拉扯成人长大的。农村少医药,我们十二岁的长子,竟以盲肠炎不治死亡。每逢孩子发烧,她总是整夜抱着,来回在炕下走。在她生前,我曾对孩子们说:

"我对你们,没负什么责任。母亲把你们弄大,可不容易,你们应该记着。"

四

一位老朋友、老邻居,近几年来,屡次建议我写写"大嫂"。因为他觉得她待我太好,帮助太大了。老朋友说:

"她在生活上,对你的照顾,自不待言。在文字工作上的帮助,我看也不小。可以看出,你曾多次借用她的形象,写进你的小说。至于语言,你自己承认,她是你的第二源泉。当然,她瞑目之时,冰连地结,人事皆非,言念必不及此,别人也不会作此要求。但目前情况不同,文章一事,除重大题材外,也允许记些私事。你年事已高,如果仓促有所不讳,你不觉得是个遗憾吗?"

我唯唯,但一直拖延着没有写。这是因为,虽然我们结婚很早,但正像古人常说的:相聚之日少,分离之日多;欢乐之时少,相对愁叹之时多耳。我们的青春,在战争年代中抛掷了。以后,家庭及我,又多遭变故,直至最后她的死亡。我衰年多病,实在不愿再去回顾这些。但目前也出现一些异象:过去,青春两地,一别数年,求一梦而不可得。今老年孤处,四壁生寒,却几乎每晚梦见她,想摆脱也做不到。按照迷信的说法,这可能是地下相会之期,已经不远了。因此,选择一些不太使人感伤的片断,记述如上。已散见于其他文字中者,不再重复。就是这样的文字,我也写不下去了。

我们结婚四十年,我有许多事情,对不起她,可以说她没有一件事情是对不起我的。在夫妻的情分上,我做得很差。正因为如此,她对我们之间的恩爱,记忆很深。我在北平当小职员时,曾经买过两丈花布,直接寄至她家。临终之前,她还向我提起这一件小事,问道:

"你那时为什么把布寄到我娘家去啊?"

我说:

"为的是叫你做衣服方便呀!"

她闭上眼睛,久病的脸上,展现了一丝幸福的笑容。

一九八二年二月十二日晚

记老邵

一

阅报,老邵已于四月二日逝世,遗嘱不开追悼会,不留骨灰。噫!到底是看破红尘了。

我和老邵,也是进城以后才认识的。我们都是这家报纸的编委,一次开会,老邵曾提出,我写的长篇小说,是否不要在报纸上连载了,因为占版面太多。我告诉他,小说就要登完了。他就没有再说什么。

这可以说是我们第一次打交道。平日,我们虽然住在一个院里,是很少接近的。我不好接近人。

这样过了一二年,老邵要升任总编辑了。有一天上午,他邀我到劝业场附近,吃了一顿饭,然后又到冷饮店,吃了冰糕。结果,回来我就大泻一通,从此,就再也不敢吃冷食。

我来自农村,老邵来自上海。战争期间,我们也不在一个山头。性格上的差异,就更不用说了。不过,他请我吃饭,这点人情,我还是领会得来的。他是希望我们继续合作,我不要到别处去。

其实，我并没有走的想法。那一个时期，不知为什么，我总感觉，我已经身心交瘁，就要不久于人世了。又拉扯着一大家子人，有个地方安身，有个地方吃饭，也就是了。

另外，对于谁当领导，我也有了一点经验：都差不多。如果我想做官，那确是要认真想一下。但我不想做官，只想做客，只要主人欢迎我，留我，那就不管是谁领导，都是一样的。

不久，我就病了。最初，老邵还给我开了不少介绍信，并介绍了各地的小吃，叫我去南方旅行。谁知道，我的病越来越重，结果在外面整整疗养了三年，才又回来。

二

一回到家，我们已经是紧邻。老邵过来看了我一下，我已经从老伴嘴里知道，他犯了什么"错误"，正在家里"反省"，轻易是不出来的。

不多日子，就又听说，老邵要下放搬家，我想我也应该去看看他。我走到他屋里，他正在收拾东西，迎面对我说："你要住这房子吗？"

我听了心里不大高兴，就说："我是来看你，我住这房子干什么？"

他的爱人也说："人家是来看你!"

老邵无可奈何地说："这房子好!"

我明白他的意思。这房子是总编辑住的,他不愿接任他的人住进来,宁可希望我住。我哪里有这种资格。

这时,有一位总务科的女同志,正在他的门口,监视着他搬家。老邵出来,说了一句什么,那位女同志就声色俱厉地说："这是我的责任!"

我先后看到过三任总编辑从这里搬家。两任是升迁,其中一位,所用的家具全部搬走。另一位,也是全部搬走,事先付了象征性的价钱,都有成群的人来帮忙。老邵是下放,情况当然就不同了。

三

其实,老邵在任上,是很威风的,人们都怕他。据说:他当通讯部长的时候,如果和两个科长商量稿件,就从来不是拿着稿子,走到他们那里去,而是坐在办公桌前,呼唤他们的名字,叫他们过来。升任总编以后,那派头就更大了。报社新盖了五层大楼,宿舍距大楼,步行不过五分钟。他上下班,总是坐卧车。那时卧车很少,不管车停在哪里,都很引人注目。大楼盖得很讲究,门窗一律菲律宾木。老邵的办公室,铺着大红地毯。墙上挂着名人字画。编辑记者的骨干,都是他这些年亲手训练出来的那批学生。据说，一听到走廊里老邵的脚步声，都急速各归本位，屏息肃然起来。

老邵是想做官，能做官，会做官的。行政能力，业务能力，都很强。谁都看出来，他不能久居人下。他的升任总编，据我想，可能和当时的一位市长有关。在一个场合，我曾看见老邵对这位市长，很熟识，也很尊敬，他们可能来自一个山头。至于老邵的犯"错误"，我因为养病在外，一直闹不清楚，也不愿去仔细打听。我想升官降职，总和上面有人无人，是有很大关系的。

四

自从老邵搬走以后，听说他在自行车厂工作，就没有见过面。"文化大革命"时，有一天晚上，报社又开批斗会，我和一些人，低头弯腰在前面站着，忽然听到了老邵回答问题的声音。那声音，还是那么响亮、干脆，并带有一些上海滩的韵味。最令人惊异的是，他的回答，完全不像批斗会上的那种单方认输的样子，而是像在自由讲坛上，那么理直气壮。有些话，不只是针锋相对，而且是以牙还牙的。一个革命群众把批判桌移到舞台上面去，想居高临下，压服他。说："你回答：为什么，我写的通讯，就不如某某人写得好？"

老邵的回答是："直到现在，我还是认为，你写的文章，不如某某!"

"有你这样回答问题的吗?"革命群众吼叫着。

于是武斗开始。这是预先组织、训练的一支小型武斗队,都是年轻人。一共八个人,小打扮,一律握拳卷袖,两臂抬起内弯,踏步前进。他们围着老邵转圈子,拳打脚踢,不断把老邵打倒。有一次,一个打手故意发坏,把老邵推到我身上,把我压在下面,一箭双雕。一霎时,会场烟尘腾起,噼啪之声不断。这是报社最火炽的一次武斗。老邵一直紧闭着嘴,一言不发。大会散了以后,我们又被带到三楼会议室,一个打手把食指塞到老邵的嘴里,用力抠拉,大概太痛苦了,我看见老邵的眼里,含着泪水。

还是自行车厂来了人,才把老邵带回去了。后来我想,老邵早调离报社,焉知非福? 如果留在这里,以他的刚烈,会出什么事,是谁也不敢说的。这家报社,地处大码头,经过敌、伪、我三个时期,人员情况是非常复杂的。我都后悔,滞留在这个地方之非策了。

五

"文革"以后,老邵曾患半身不遂,他顽强锻炼,后来能携杖走路了。我还住在老地方,他的两位大弟子,也住在那里,当他去看望他们的时候,也顺便到我屋里坐坐。这时我已经搬到他住过的那间房里，不是我升任了总编，而是当时的总编，不愿意在那里住了。

谈话间，老邵还时常流露愿意做些事，甚至有时表示，愿意回报社。作为老朋友、老同事，我直截了当地对他说："算了吧，好好养养身体吧。五十年代，你当总编，培养了不少人，建立了机关秩序，作出了不少成绩。那是托人民的福，托党的福，托时代的福。那一个时期，是我们党，我们国家和我们报社的全盛时期。现在不同了。你以为你进报社，当总编，还能像过去一样，说一不二，实现你那一套家长式的统治吗？我保险你玩不转，谁也玩不转，谁也没办法。"

他也不和我争论，甚至有时称我说得对，听我的话等等。这就证明他已经不是过去的老邵了。

后来，又听说他犯了病，去外地疗养了一个时期。去年秋季，他回来后，又到我的新居，看望我一次，谈话间，又发牢骚，并责备我软弱，不敢写文章了。我说："我们还是睁一只眼，闭一只眼吧！"

他说："我正是这样做的。"

说完就大笑起来，他的爱人也笑了起来。我才知道，他的左眼，已经失明。我笑不出来，我心里很难过。

芸斋曰：老邵为人，心直口快，恃才傲物，一生人缘不太好。但工作负责严谨，在新闻界颇有名望，其所培养，不少报界英才。我谈不上对他有所了解，然近年他多次枉顾，相对以坦诚。他的逝世，使我黯然神伤，并愿意写点印象云。

一九九〇年四月十日写讫

小同窗

现在还能保持联系的，少年时代的同学，就只有李一个人了。

我们十四岁时，在保定育德中学同班。后来我休学一年，关系还是很好。

李，蠡县人，长得漂亮，性格温和，我好和这样的人交朋友。

他毕业以后，考入北平大学的法商学院。我初中毕业，进入了本校新成立的高中。

那时的青年人，都喜欢阅读马列主义的书籍。我除去文艺理论，还喜欢看社会科学方面的书。上海神州国光社，出版一种读书杂志，由王礼锡、陆晶清主编，连续出版了三期对于中国社会史的论战专号，我很有兴趣。我家境不好，没有多少钱买闲书。有两期，是李买了寄给我的，并写信告诉我：虽然每篇文章，都标榜唯物史观，有些人的论点是错误的。又说，刘仁静的文章是比较好的。使我对这位同学的政治学识，更进一步地佩服了。

高中毕业以后,经历了"九一八"、"一·二八"的民族灾难,我在北平市政机关,当一名小职员。有一天,收到李从监狱寄来的一封信,告诉我他近日遭遇。我胆小,没有到过这些地方,约了一位姓黄的同学,一同去看他。

在一个小小的窗口,和他谈了几句话。我看到他的衣服很脏。他平日是最讲究穿着的。我心里很难过,他也几乎流下了泪。

他交给我一卷稿子,是他写的小说,希望我们找个地方发表。我带回住处,自己写的东西,都没有出路,往哪里去投呢?不久,我失业了,把稿子带回乡下家里。后来,我好像从一本刊物上,看到过这篇作品,可能他又交给了另一个人。

少年时的同学,在感情上,真有点亲如骨肉,情同手足的味道。他虽然没有到过我的家中,我的母亲、妻子和住在我家的表姐,都知道他的名字。

一九三七年,他从监狱里出来,就参加抗日工作。人民自卫军驻在安国县时,他住在我父亲的店铺里。因为有他,我出来抗日,父亲的疑虑就减少了。我是独生子。

不久,自卫军转移到我的家乡安平县,那时他是民运部长,各县的动员会,都归他领导。

有外地的一个香火头子,在我们村庄弄神弄鬼,我的堂弟也混在里面。我对他说了这件事。他说,这和民运有关。第二天,就有几个旧衙役,来到我们村庄,制止了迷信活动。乡下人很怕官差,有几个头面人物,出来应酬。衙役却不吃不喝,讲明道理就走了,老年人都说,从来也没见过,官事这样好应付的。

一九四〇年,他到延安去了。过了几年,我也到了延安。他同一位医生结了婚。到鲁艺看我,总是带上一本粉连纸印的军政杂志。他知道我好吸烟,延安的卷烟纸,是很难买到的。

建国以后,他先是当中南局的组织部副部长,后当中宣部的秘书长。很快就要提拔为副部长了,因为替一个作家,说了几句话,一下成为右派。先是下放劳动,后来就流放到新疆石河子去了。

临行前,他到天津来了一趟。我给他一些钱作为路费。另外送他两部书:一是《纪氏五种》,其中有关于新疆的笔记。一是《聊斋志异》,为想叫他读来解闷的。他说:"聊斋,你留着看吧。"

平反以后,他当了中纪委的常委。他的照片,和国家领导人排列在一起。我也感到光荣,对人说:

"官儿,李做得够大了。这在过去,就是左都御史!"

他到天津公干,来到我家。车是天津纪委的。他说,如果在我这里吃饭,请把司机招待一下。我虽然在心里怪他:你这官儿做得太窝囊了。比你小得多的人物,从北京来,都有自己的专车。还是满口答应了。那一顿饭,我只是应酬司机,也没有很好照顾他。

饭后，他和我闲谈了一会儿。我向他发牢骚，说社会风气如此，我真想找个地方隐遁去了。他没有批评我，只是笑了笑，说：

"哪里也是一样。"

回想一下，相交这么多年，我并没有多少机会，同他天南海北畅谈过，更没有酒肉的征逐。但我从少年时就信赖他，后来，更深深体会到，他真正关心我。

五十年代，我病了以后，住医院，住疗养院，都是他帮助安排的，使我得到了极其优越的待遇。他并私下里询问天津的熟人，我的病是怎样得的。被询问的人说，是因为夫妻不和，他就说，那样就不必叫他爱人来看他了。后来又听人说，我和妻子感情很好，他又笑着说，那就叫她常常来看看他吧。

七十年代，老伴去世，我又结了一次婚。他同这位女同志见过一次。不多几年，又闹纠纷，提出离异。他知道以后，很关心，几次征求我的意见，要给女方写信，挽回这件事。我说，人家已经把东西拉走了。他说，拉走东西，并不证明就不能挽救。我还是没让他写。

"文化大革命"，他备受折磨。那时他还没有得到平反，是到北京来办事的，却有心情给别人撮合。

最使我想起来感动，也惭愧的，是他对我的体谅。有一次，他到天津，下了火车就来看我，天已经黑了。他是想住在

我这里的,他知道我孤僻,就试探着问:

"你就一个人睡在这里吧?"

我说是,却没有留他住下。他只好又住到他哥哥那里去了。

如果是别人,遇见这样不近人情的事,一定绝交了,他并不见怪。

忘记是哪一次,他又谈起文艺界的事。我说:

"你不要管这些人的事了,你又不了解他们。一次亏,还没吃够呀!"

他也只是笑了笑。我想,他做组织工作惯了,总是关心别人的处境。

十三大闭幕的那天晚上,我听广播,中纪委的名单上,没有他。这是因为年岁,退下来了。我想给他写封信,又一想,他会给我来信的。昨天,收到了他的信。看意思,是要写点东西了,我马上回信鼓励。

一九八七年十一月二十日下午

觅哲生

一九四四年春天,有一支身穿浅蓝色粗布便衣、男女混杂的小队伍,走在从阜平到延安、山水相连、风沙不断、漫长的路上。

这是由华北联大高中班的师生组成的队伍。我是国文教师,哲生是一个男生,看来比我小十来岁。哲生个子很高,脸很白。他不好说话,我没见过他和别的同学说笑,也不记得,他曾经和我谈过什么。我不知道他的籍贯、学历,甚至也不知道他确切的年龄。

我身体弱,行前把棉被拆成夹被,书包也换成很小的、单层布的。但我"掠夺"了田间的一件日军皮大衣,以为到了延安,如果棉被得不到补充,它就能在夜晚压风,白天御寒。路远无轻载。我每天抱着它走路,从左手换到右手,又从右手换到左手。这时,就会有一个青年走上来,从我手里把大衣接过去,又回到他的队列位置,一同前进。他身上背的东西,已经不少,除去个人的装备,男生还要分背一些布匹和粮食。到了宿营地,他才笑一笑,把皮大衣交给我。在行军路上,有时我回头望望,哲生总是沉默地走着,昂着头,步子大而有力。

到了延安,我们就分散了。我在鲁艺,他好像去了自然科学院。我不记得向他表示过谢意,那时,好像没有这些客套。不久,在一场水灾中,大衣被冲到延河里去了。

解放以后,我一直记着哲生。见到当时的熟人,就打听他。

越到晚年,我越想:哲生到哪里去了呢?有时也想:难道他牺牲了吗?早逝了吗?

一九九〇年七月十九日晨

记陈肇

老友陈肇,于一九九〇年十一月七日,病逝于北京。

自一九三八年,一同任职冀中抗战学院起,至一九四〇年,又一同在晋察冀通讯社工作止,我同他,可以说是朝夕相处,患难与共的。我在几篇回忆性的散文中,都曾写到过他。这里只能再记一些琐事。

他去世后,我在北京的女儿,前去吊唁,慰问了已经不能说话的陈伯母。肇公的两个孙女和两个外孙,叫我女儿转告,希望我能写一点什么。

我想,这些事,是我的责任,我一息尚存,当勉力为之。难道还需要孩子们对我进行嘱托吗?

陈肇,河北安平县人。他毕业于天津河北省第一师范。老辈人都知道,这个学校,是很难考入的,学生多是农村一些贫苦好学的子弟。他的家我去过,不过是个中农。他父亲很有过日子的远见,供他念书,叫二儿子务农,三儿子去当兵。毕业后,他执教于昌黎简师。

一九三八年的秋天,我和陈肇打游击,宿在他的家中,他已经和大嫂分别很久了,我劝他去团圆团圆,但他一定陪我睡。第二天天尚不亮,我们就离开了。陈肇对朋友如此认真,第一次给我留下深刻的印象。

一九六二年夏天,我去北京,住在锥把胡同的河北办事处。一天下午,我与一个原在青岛工作、当时在北京的女同志,约好去逛景山公园。我先到景山后街的公共汽车站去等她。在那里,正好碰上从故宫徒步走来的陈肇。他说:

"我来看你,你怎么站在这里?"

我说等一个人。他就站在路边和我说话。我看见他穿的衬衣领子破了,已经补上。

他一边和我谈话,一边注意停下来的汽车,下来的乘客。他忽然问:

"你等的是男的,还是女的?"

我说是女的。他停了一下说:

"那我就改日再到你那里去吧!"

说完,他就告别走了。我一回头,我等待的那位女同志,正在不远的地方站着。

在对待朋友上,我一直自认,远不能和陈肇相比。在能体谅人、原谅人方面,我和他的差距就更大了。

进城以后,他曾在国务院文办工作,后又调故宫博物院。一九五二年冬季,我到他的宿舍看望他,他穿着一件在山里穿过的满是油污的棉大衣。我说:

"怎么还穿这个？多么不相称！"

他严肃地望望我说：

"有什么不相称的？"

我就不能再往下说了。我在生活上，无主见，常常是随乡入俗，随行就市的。当时穿着一件很讲究的皮大衣。

他住的宿舍，也很不讲究，可以说是家徒四壁，放在墙角的床铺周围墙壁上，糊了一些旧画。被褥、枕头，还按三十年代当教员时的方式叠放着。写字桌上，空空如也，却放着一副新和阗玉镇纸，一个玉笔架。他说：

"三兄弟捎来的，我用不着，你拿去吧。"

这以后，他得到什么文具，只要他觉得不错，就郑重其事地捎给我用。

在故宫，他是副院长，就连公家的信纸、信封都不用，每次来信，都是自己用旧纸糊的信封。

有一次，我想托他在故宫裱张画，又有一次，想摘故宫一个石榴做种子。一想到他的为人，是一尘不染的，都未敢张口。

他多才多艺，他能画，能写字，能教音乐，能作诗，能写小说。这些，他从不自炫，都不大为人知道。我读书时，遇到什么格言警句，总是请他书写后，张挂座右。我还一直保存着他早年画的一幅菊花，是他自己花钱，用最简易的方式裱装的。

琐事记毕，系以芜辞：

　　风云之起，一代肇兴。既繁萧曹，亦多樊滕。我辈书生，亦忝其成。君之特异，不忘初衷，从不伸手，更不邀功。知命知足，与世无争。身处繁华，如一老农。辛勤从政，默默一生。虽少显赫，亦得安宁。君之逝也，时逢初冬，衰草为悲，鸿雁长鸣。闻君之讣，老泪纵横！

　　　　　　　　　一九九〇年十一月二十二日病起作

黄　叶

又届深秋，黄叶在飘落。我坐在门前有阳光的地方。邻居老李下班回来，望了望我。想说什么，又走过去。但终于转回来，告诉我：一位老朋友，死在马路上了。很久才有人认出来，送到医院，已经没法抢救了。

我听了很难过。这位朋友，是老熟人，老同事。一九四六年，我在河间认识他。

他原是一个乡村教师，爱好文学，在《大公报》文艺版发表过小说。抗战后，先在冀中七分区办油印小报，负责通讯工作。敌人"五一"大扫荡以后，转入地下。白天钻进地道里，点着小油灯，给通讯员写信，夜晚，背上稿件转移。

他长得高大、白净，作风温文，谈吐谨慎。在河间，我们常到野外散步。进城后，在一家报社共事多年。

他喜欢散步。当乡村教师时，黄昏放学以后，他好到田野里散步。抗日期间，夜晚行军，也算是散步吧。现在年老退休，他好到马路上散步，终于跌了一跤，死在马路上。

马路上车水马龙，行人熙熙攘攘，但没有人认识他。不知他来自何方,家在何处,躺了很久,才有一个认识他的人。

那条马路上树木很多,黄叶也在飘落,落在他的身边,落在他的脸上。

他走的路,可以说是很多很长了,他终于死在走路上。这里的路好走呢,还是夜晚行军时的路好走呢? 当然是前者。这里既平坦又光明,但他终于跌了一跤。如果他是一个舞场名花,或是时装模特,早就被人认出来了。可惜他只是一个离休老人,普普通通,已经很少有人认识他了。

我很难过。除去悼念他的死,我对他还有一点遗憾。

他当过报社的总编,当过市委的宣传部长,但到老来,他愿意出一本小书——文艺作品。老年人,总是愿意留下一本书。一天黄昏,他带着稿子到我家里,从纸袋里取出一封原已写好的,给我的信。然后慢慢地说:

"我看,还是亲自来一趟。"

这是表示郑重。他要我给他的书,写一篇序言。

我拒绝了。这很出乎他的意料,他的脸沉了下来。

我向他解释说:我正在为写序的事苦恼,也可以说是正在生气。前不久,给一位诗人,也是老朋友,写了一篇序。结果,我那篇序,从已经铸版的刊物上,硬挖下来。而这家刊物,远在福州,是我连夜打电报,请人家这样办的。因为那位诗人,无论如何不要这篇序。

其实,我只是说了说,他写的诗过于雕琢。因此,我已经写了文章声明，不再给人写序了。

对面的老朋友，好像并不理解我的话，拿起书稿，告辞走了。并从此没有来过。

而我那篇声明文章，在上海一家报社，放了很长时间，又把小样，转给了南方一家报社，也放了很久。终于要了回来，在自家报纸发表了。这已经在老朋友告辞之后，所以还是不能挽回这一点点遗憾。

不久，出版那本书的地方，就传出我不近人情，连老朋友的情面都不顾的话。

给人写序，不好。不给人写序，也不好。我心里很别扭。

我终觉是对不起老朋友的。对于他的死，我备觉难过。

北风很紧，树上的黄叶，已经所剩无几了。太阳转了过去，外面很冷，我掩门回到屋里。

一九八七年十月十九日

六、书衣文录

序

　　七十年代初，余身虽"解放"，意识仍被禁锢。不能为文章，亦无意为之也。曾于很长时间，利用所得废纸，包装发还旧书，消磨时日，排遣积郁。然后，题书名、作者、卷数于书衣之上。偶有感触，虑其不伤大雅者，亦附记之。此盖文字积习，初无深意存焉。

　　今值思想解放之期，文路广开，大江之外，不弃涓细。遂略加整理，以书为目，汇集发表，借作谈助。蝉鸣寒树，虫吟秋草，足音为空谷之响，蚯蚓作泥土之歌。当日身处非时，凋残未已，一息尚存，而内心有不得不抒发者乎？路之闻者，当哀其遭际，原其用心，不以其短促零乱，散漫无章而废之，则幸甚矣。

　　　　　　　　　　　　一九七九年五月二日灯下记

中国小说史略

　　此书系我在保定上中学时，于天华市场（也叫马号）小书铺购买，为我购书之始。时负笈求学，节衣缩食，以增知识。对书籍爱护备至，不忍其有一点污损。此书历数十年之动荡，仍在手下，今余老矣，特珍视之。凡书物与人生等，聚散无常，或屡收屡散。得之艰不免失之易；得之易更无怪失之易也。此是童年旧物，可助回忆，且为寒斋群书之最长者。

　　　　　　　时一九七三年十二月二十一日晚。

　　　　　　　室内十度，传外零下十四度云

尔雅义疏

此破书购自鬼市，早想扔掉，而竟随书物往返。琳琅者损失，无用者存留。不得已于此假日，为之整装，顺事物自然法则也。

昨晚为家人朗诵白居易书信三通，中有云：又或杜门隐几，块然自居，木形灰心，动逾旬月。当此之际，又不知居在何地，身是何人。

昨日康之公子来，言其父被召开会，出门上公共汽车，上下人拥挤，被推下车，跌断腿骨，甚可念也。本院有文姓，前曾被推下楼梯，大腿骨折。今当访其治疗经验，以告康君。

一九七四年五月一日上午记

风云初记

一九七四年七月二日下午，淮舟持此书来。展读之下，如于隔世，再见故人。此情此景，甚难言矣。著作飘散，如失手足，余曾请淮舟代觅一册，彼竟以自存者回赠，书页题字，宛如晨星。余于所为小说，向不甚重视珍惜。然念进入晚境，亦拟稍作收拾，借慰暮年。所有底本，今全不知去向，出版社再版，亦苦无依据，文字之劫，可谓浩矣。尚不如古旧书籍，能如春燕返回桂梁也。

当时批判者持去，并不检阅内容，只于大会发言时，宣布书名，即告有罪。且重字数，字数多者罪愈重。以其字多则钱多，钱多则为资产阶级。以此激起群众之"义愤"，作为"阶级斗争"之手段。尚何言哉。随后即不知抛掷于何所。今落实政策，亦无明确规定，盖将石沉大海矣。

呜呼！人琴两亡，今之习见，余斤斤于斯，亦迂愚之甚者矣。收之箱底，愿人我均遗忘之。

一九七四年七月四日上午记

战争与和平

　　余进城后，少买外国小说，如此大著，尚备数种，此书且曾认真看完，然以年老，不复记其详节。书物归来，先为魏小姐借去，近家人又看，因借机洁修焉。

　　余幼年，从文学见人生，青年从人生见文学。今老矣，文学人生，两相茫然，无动于衷，甚可哀也。

　　此系残存之籍，修整如此，亦不易矣。

　　　　　　　　　　　　一九七四年七月四日灯下记

天方夜谭（文言译本）

　　此书购自天祥市场，摊贩配全者也。多年来竟未抛失。白话译本，余于青岛见之，彼时养病，未暇及此。此次阅读数篇，人生怪事，何必天方？年老不愿读小说，非必认小说为谎言也。人陷于情欲，即如痴如盲，孽海翻腾，尚以为风流韵事也。

　　此书数次借与同院少年，然彼等实不能读。但弄污后，我必再为修理，不以为苦，反以为乐耳。

一九七四年七月十三日

海上述林（上卷）

　　余在安新县同口镇小学任教时，每月薪给二十元，节衣缩食，购置书籍。同口为镇，有邮政代办所，余每月从上海函购新出版物，其最贵重者，莫如此书。此书出版，国内进步知识分子，莫不向往。以当时而论，其内容固不待言，译者大名，已具极大引力；而编者之用心，尤为青年所感激；至于印刷，空前绝后，国内尚无第二本。余得到手，如捧珍物，秘而藏之，虽好友亦吝于借观也。

　　一九三七年暑假，携之归里。值抗日烽火起，余投身八路军。家人将书籍藏于草屋夹壁，后为汉奸引敌拆出，书籍散落庭院。其装帧精致者均不见，此书金字绒面，更难幸脱，从此不知落于何人之手。余不相信身为汉奸者，能领略此书之内容，恐遭裂毁矣。其余书籍，有家人用以烧饭者，有换取熟肉、挂面者，土改时遂全部散失。余奔走四方，亦无暇顾念及此。

　　一九四九年冬季进天津，同事杨君管接收，一日同湘洲造彼，见书架上插此书两册。我等从解放区来，对此书皆知爱慕而苦于不可得。湘洲笑顾我曰：还不拿走一本！我遂抽出一本较旧者,杨君笑置之。即为此册。

后,余书增多,亦不甚注意。且革命不断,批判及于译者,此书已久为人所忘,青年人或已不知此曾赫赫之书名。世事之变化无常,于书亦然乎?

昨晚检出修治。偶见文中有"过时的人物"字样,深有所感。

青年时惟恐不及时努力,谓之曰"要赶上时代",谓之曰"要推动时代的车轮"。车在前进,有执鞭者,有服役者,有乘客,有坠车伤毙者,有中途下车者,有终达目的地者。遭遇不同,然时代仍奋进不已。

回忆在同口教书时,小镇危楼,夜晚,校内寂无一人。萤萤灯光之下:一板床,床下一柳条箱。余据一破桌,摊书苦读,每至深夜,精神奋发,若有可为。至此已三十九年矣。

今日用皮纸粘连此书前后破裂处,并糊补封套如衲衣,亦不觉夜深。当初购置此书之人,尚在人间乎?

一九七四年十二月二十九日记

文苑英华

金梅代购，用车驮来。此厚重书，老年人本无所用也。

夜起，地板上有一黑甲虫，优游不去，灯下视之，忽有诗意。

一九八三年六月二十三日记

居延汉简甲编

　　大女儿又为我做一书柜运来,拟将一些笨重书籍装入。此书在内,因再为包装,并重新浏览。余对此种学问,毫无所知,近购王国维遗书,将参照阅读。

一九八三年十一月七日装竟记

达夫书简

一九八四年二月十五日，小胖赠。

遇人不淑，离散海外。不能遁隐，与敌周旋。终至惨殁异域，其结果可谓不幸之甚矣。而女方归国，反能享其天年。追怀往事，读者亦不胜其悲矣。文人不能见机，取祸于无形。天才不可恃，人誉不可信。千古一辙，而郁氏特显。

摈此不论。单从爱情而言，郁氏可谓善于追逐，而不善于掌握；善于婚姻前之筹划，而不善于婚姻后之维持矣。此盖浪漫主义气质所致也。